U0097258

中國語言文字研究輯刊

十九編

許學仁 主編

第8冊

中古法術類道經複音詞研究（上）

吳冬 著

花木蘭文化事業有限公司

國家圖書館出版品預行編目資料

中古法術類道經複音詞研究（上）／吳冬 著 -- 初版 -- 新北市：花木蘭文化事業有限公司，2020〔民 109〕

目 4+150 面；21×29.7 公分

（中國語言文字研究輯刊　十九編；第 8 冊）

ISBN 978-986-518-158-1（精裝）

1. 道藏 2. 詞彙 3. 研究考訂

802.08　　　　109010422

中國語言文字研究輯刊

十九編　第八冊　ISBN：978-986-518-158-1

中古法術類道經複音詞研究（上）

作　　者　吳　冬

主　　編　許學仁

總 編 輯　杜潔祥

副總編輯　楊嘉樂

編　　輯　許郁翎、張雅淋　美術編輯　陳逸婷

出　　版　花木蘭文化事業有限公司

發 行 人　高小娟

聯絡地址　235 新北市中和區中安街七二號十三樓

電話：02-2923-1455／傳真：02-2923-1452

網　　址　http://www.huamulan.tw 信箱 hml 810518@gmail.com

印　　刷　普羅文化出版廣告事業

初　　版　2020 年 9 月

全書字數　230736 字

定　　價　十九編 14 冊（精裝）　台幣 42,000 元

中古法術類道經複音詞研究（上）

吳冬 著

作者簡介

吳冬，女，滿族，1978 年 7 月 8 日生，吉林省遼源市人。東北師範大學漢語言文字學專業博士畢業，吉林工商學院副教授。研究方向：漢語詞彙與訓詁。

提　要

道教是國學重要的組成部分，道與儒、佛一起構成傳統文化的根底。道經是記錄道教文化、思想的典籍，凡是收入《道藏》的道教文獻，均被稱為道經。中古時期法術類道經詞彙既是道經詞彙史重要組成部分，又是漢語詞彙系統產生發展的承上啟下階段在道經詞彙領域的具體表現，但是目前卻屬詞彙研究的薄弱點，中古時期道經（道藏）法術類典籍語料更是已有目前複音詞專書類研究的盲點。法術類道經裏口語化詞語數量大、特色詞語多，還集中體現了民俗詞、俗語詞。

論著收集並整理了 6470 個複音詞，從構詞，新詞新義的考察和歸納及新詞新義產生的途徑等多個角度，探討中古法木類道經複音詞的特點。創新之處一是在大量佔有語料的基礎上，對中古時期語料中的複音詞做了整體共時橫向比較，剖析其共性和差異，並進一步探究中古法木類道經複音詞偏正式構詞法高產及四音節數量大於三音節的原因；二是對中古法術類道經構詞法做了縱向的歷時比較，對新詞新義做了較為深入的考辨，並進一步概括歸納了新詞、新義的產生途徑和原因。論著把所切分得出的複音詞逐一與《漢語大詞典》中相關的詞彙進行比較，提供了一些較早例證，對辭書的編撰和修訂提供了有益的參考。

目次

上冊

第一章　緒　論

道教是國學重要的組成部分，道與儒、佛一起構成傳統文化的根底，道教文獻是我國傳統文化的重要組成部分，其與儒家文獻、佛教典籍共同奠定傳統文化的根基。道經為收入《道藏》中的道教典籍，是記錄道教思想、文化的重要載體。《道藏》對於漢語史研究來說，具有重要的語料價值，尤其是對於詞彙研究有著重要的意義。道經是記錄道教文化、思想的典籍，凡是收入《道藏》的書或文，均被稱為道經。《道藏》在古籍整理、詞彙研究等方面有著重要的價值，學者對此有肯定的判斷〔註1〕。相對佛教和儒教來說，道教文獻的研究很不充分，相關問題的研究更是沒有充分展開，成果較少。而中古時期法術類道經詞彙既是道經詞彙史的重要組成部分，在漢語詞彙系統中處於承上啟下的階段，但是在漢語詞彙研究領域卻是空白。

中古時期是漢語詞彙發展承前啟後的階段。但是中古詞彙研究的成果，相比上古、近代來說，相對較少。首先就語料內容上看，已有佛經研究的多，道經研究的少。道經中又是文學、醫學、齋儀內容研究的多，而法術類研究是盲點。其次從語言角度，已有釋例研究的多，詞彙研究的少。匯釋研究的多，構詞、詞義演變研究的少。

〔註1〕俞理明，周作明，論道教典籍語料在漢語詞彙歷史研究中的價值〔J〕，綿陽師範學院學報，2005（4）：1～5。

法術類道經研究屬於專類研究，大量口語詞、特色詞、俗語詞集中體現。體裁獨特，語言容量大並封閉明確、演變規律不同、新詞新義多、多義化普遍、口語俗語選擇性動因強，因此值得深入研究，也是目前古代漢語詞彙研究的迫切需要。道教法術類典籍是道教文獻的重要組成部分，其詞彙涉及社會民俗活動的很多內容，它既反映宗教心理和也反映宗教歷史。道經法術產生於原始先民巫覡之術，這也是道教作為本土宗教最重要的特徵之一。巫術、神學、仙學、道學等思想的縱橫交融，使法術類詞彙傳達了多樣化的社會信息，在漢語詞彙史中佔有一定地位，是不應當忽視的。中古時期是漢語詞彙複音化的轉折階段，在漢語詞彙史上處於承前啟後的地位，而法術類道經詞彙，是漢語詞彙史研究的重要組成部分，在漢語詞彙系統產生發展的過程中，具有承上啟下的作用。但相對於儒家文獻、佛教典籍的詞彙研究來說，道教文獻詞彙的研究沒有充分開展，成果相對薄弱〔註2〕。有關中古時期法術類詞彙研究成果寥寥無幾，道教法術類詞彙研究更是一個盲點。這與道教其他領域的研究相比，是頗不相稱的。法術類道經詞彙研究的成果，正可彌補漢語詞彙史相關研究的空白。

法術類道經詞彙研究屬於專題研究。道教典籍出於傳播的需要，其內容定會涵蓋社會生活的方方面面，涉及社會共時及歷時過程中諸如思想、文化、政治、社會、生活、天文、地理等方面的內容。又受到傳播階層文化水平的限制，必然要求語言的口語化、通俗化，其中一定存在大量的口語詞〔註3〕、方俗俚語詞，有些詞還具有獨特的道教詞彙特色。

法術類道經是道教以及民俗社會活動的重要組成部分，不過與道教其他領域道教經典相比，研究得遠遠不夠，與道教法術相當豐富的事實頗不相稱。法術類既反映宗教心理和社會層面也反映宗教歷史，道經法術史早於道教，產生於原始先民巫覡之術，這也是道教作為本土傳統宗教最重要的特徵之一。法術類詞彙傳達了不同社會信息，在漢語詞彙史中佔有一定地位，是不應當忽視的。從詞彙學的角度展開研究，既可以彌補這方面研究的不足，又可以豐富漢語詞

〔註2〕張婷，曾昭聰，曹小雲，十年來道教典籍詞彙研究綜述〔J〕，滁州學院學報，2005（4）：5～8。

〔註3〕蕭紅，袁媛，百年中國道教文獻語言研究綜述〔J〕，武漢大學學報（人文科學版），2013（4）：67～73。

彙史上中古時期研究的內容，具有較強的學術價值〔註4〕。

在古籍整理方面，《道藏》詞彙研究上都有著現實的需要，並且利用《道藏》來進行複音詞研究的條件已經成熟。《道藏》詞彙研究，是古籍整理的基礎。而法術類道經複音詞研究是前期工作，有著現實的意義。現在立足於《道藏》研究已有成果之上，本文將著重闡釋中古法術類道經複音詞研究概況及價值。通過對中古法術類道經複音詞的構詞方式、新詞新義的歸納及其產生途徑的考察，深入地探討中古法術類道經複音詞在漢語史研究中的重要地位和作用。

本研究所涉及的文獻材料是以法術類諸道經（按照朱越利《道藏分類解題》〔註5〕）為標準〔註6〕劃分的。所有法術類道經，共31篇55卷，約40萬字，從中選取有代表性的8篇，約20萬字語料，從中梳理出6470個複音詞進行研究，這8篇道經是：中古東晉時期的《太上正一咒鬼經》《上清金真玉光八景飛經》（上清經）、《元始五老赤書玉篇真文天書經》（靈寶經）、南朝宋《洞真太上太霄琅書》、南朝梁《無上三元鎮宅靈籙》、南北朝《洞神八帝元變經》和《洞真太上太素玉籙》、唐前《上清太一金闕玉璽金真記》。本文以這 8 篇道經作為語料來研究中古法術類道經複音詞的發展情況，該選題屬於中古漢語斷代專題專類詞彙研究範圍。

本文將中古法術類道經複音詞研究價值及研究概況入手，通過中古法術類道經複音詞的構詞、新詞新義的梳理和歸納及新詞新義產生的途徑，探討法術類諸道經複音詞在中古複音詞研究中的作用。同時，通過梳理和發掘的道經基礎性材料，力所能及地從漢語史的角度探討道經詞彙所處的重要地位。

第一節　中古法術類道經複音詞研究的目的及意義

中古時期詞彙在漢語發展史上處於一種承前啟後的轉折階段，這個時期的

〔註4〕劉祖國，道教文獻語言研究的困境與出路〔J〕，中國道教，2012（5）：55～57。

〔註5〕朱越利，道藏分類解題〔M〕，北京：華夏出版社，1996：3。

〔註6〕朱氏分類如下：1、哲學（其中第六類為法術：包括符籙印法、齋法、步罡踏斗、雷法、雜術），2、法律，3、軍事，4、文化，5、體育，6、語言文字，7、文學，8、藝術，9、歷史，10、地理，11、化學，12、天文學，13、醫藥，14、工業技術，15、綜合性圖書。

語料在整個漢語史研究中佔有極其重要地位。然而學界對道教經典研究範圍還比較窄，對早期幾部重要的經典進行了相對充分的研究，並且以詞語考證、釋義等方面研究為主，中古法術類道經的研究缺乏系統性的成果。這種局面對道經語言的研究是不利的，應加大道教專書專題詞彙系統性研究的力度，以此彌補相關研究的薄弱環節。

法術類道經典籍是研究中古漢語的可信的重要語料，由於道教詞彙研究是漢語詞彙研究的薄弱環節，使道教法術詞彙研究成為一個盲點。法術類道經與齋儀類道經有很多相似之處，但法術類道經口語性更強。目前，學者已經認識到道教語言的重要性，從而更加關注道教詞彙研究。

一、選題的宏觀意義

（一）社會學和歷史文化方面的意義

道經與民俗關係密切，通過研究道經語言可以窺見我國各地民風民俗的歷史淵源，道經語言研究對我國古代道教史的研究也具有一定的參考價值，道經語言研究可以促進傳統文化國學語言研究平衡發展，許多道經本身就是很高價值的文學作品，道經語言研究可以促進藝術文化研究，道經語言研究可以推動道教專題文化的研究。

（二）漢語史研究方面的意義

1. 中古時期正是雙音化發展的重要時期，道經語言正好反映和突出表現了該時期的特點

從中古時期上來說，正如馮利華在《中古道書語言研究》[註7]一文中所說，道教文獻研究存在巨大空白，研究有重要意義。中古時期正是雙音化發展的重要時期，道經語言正好反映和突出表現了該時期的特點，並且具有自己的語言發展特色，十分值得研究。

中古時期是道教重要的建立和成長時期，道經詞彙發展速度應該是非常快的，數量也是非常大的，詞彙研究價值也是非常大的。

2. 文化詞、特色詞、新詞豐富是中古道經詞彙的一個突出特點

「從某種程度上來說，語料的價值大小並不僅僅在於其同時或後時，而

[註7] 馮利華，中古道書語言研究〔D〕:〔博士學位論文〕，杭州：浙江大學，2004。

與文獻的性質、著者的文風等也有很大關係。中古文獻中，漢譯佛典、道經、書札、小說的語料價值更大些，而史書、雜著等的語料價值則相對小一些。」〔註 8〕道經詞彙語料價值巨大。

道經有豐富大量口語詞彙，其中的許多類內容都具有民俗性，比其他類型詞更口語化、俗語化。

道教創造了很多富有自己特色的語詞，這些詞語具有自己的語言發展特色，這些特色詞又以何種結構構詞、增加新義等等都十分值得研究。

中古道經語言量夠大，數量多，材料明確、時代明確、真實可靠。有大量新詞。

3. 彌補道教專書窮盡性研究的不足

如前文綜述所呈現的成果，我們發現道教專書專題詞彙的系統性研究、窮盡性研究非常薄弱；中古道教詞彙研究滯後於儒家語言、佛教語言研究（前文已經陳述在此不贅述）。

道教語言一方面古奧深澀，一方面瑰麗神秘，道教文獻與傳統的儒家文獻或佛教文獻相比較，無論是教義還是語言度有很大的差異。中古時期各種類型語料比如文學、歷史、佛典都不乏研究碩果，然而令人遺憾的是，學界對道教語言的研究卻長期遠遠落後於儒家語言、佛教語言等其他語言的研究。

中古道教詞彙研究是道教詞彙研究的重要組成部分，不應該被忽視。

二、選題的微觀意義

現以《太上正一咒鬼經》《洞真太上太素玉籙》複音詞為例，並與《漢語大詞典》逐一進行比較，梳理和統計分析，中古法術類道經複音詞研究的微觀價值主要體現在語料方面。

（一）語料中大量早出的書證，可以彌補辭書例證晚出證及詞源考證

例如「白幡」一詞，南北朝時期《洞真太上太素玉籙》中「次思右目太和君，衣白衣，冠五華冠，左手持金液玉漿，右手執白幡，在帝君左右」〔註 9〕裏的「白幡」是戰敗者表示投降的白旗的意思。漢語大詞典中用了 2 個例子，

〔註 8〕高明，中古史書詞彙論稿〔M〕，天津：天津古籍出版社，2008：73～74。

〔註 9〕《正統道藏》正一部（4 部）《洞真太上太素玉籙》：1。

一個是《南史・劉劭傳》中「蕭斌聞大航不守，惶窘不知所為，宣令所統皆使解甲，尋戴白幡來降，即於軍門伏誅。」一個是《敦煌變文集・伍子胥變文》中「始得昭王怕懼之心，遂即白幡降伏。」這兩個例子的時代處於南朝和唐朝，本文研究的《洞真太上太素玉籙》的例子早於這兩個時代，這樣提前了書證，在研究具體語詞時，推進了一步，增加了南北朝時期的一個例證，且書證早出。

再如《洞真太上太素玉籙》中的「青虛」〔註 10〕，「青虛」是青天的意思。漢語大詞典中例證有一條：孟漢卿《魔合羅》第一折：「我則見雨迷了山岫，雲鎖了青虛。」這個例子的時代處於元朝，本文研究的《洞真太上太素玉籙》的例子為南北朝，早於元朝，這樣提前了書證，在研究具體語詞時，推進了一步。

兩部道經中出現了許多本義，可以幫助研究詞彙的起源。

例如《太上正一咒鬼經》中的「架屋」用的是本義，「造功立宅，架屋立柱，築治園墟，修營家宅，破壞舍屋，移轉井灶，動促門戶，補治籬落，縛束壁帳，穿井掘窖，填補塞孔」〔註 11〕。漢語大詞典中是指對專事模仿者的譏諷，例證是南朝宋劉義慶《世說新語・文學》：「庾仲初作《揚都賦》，成，以呈庾亮。亮以親族之懷，大為其名云：『可三《二京》，四《三都》。於此人人競寫，都下紙為之貴。』謝太傅云：『不得爾，此是屋下架屋耳。事事擬學，而不免儉狹。』」後遂以架屋為對專事模仿者的譏諷。本研究中《太上正一咒鬼經》的時代是東晉，早於南朝時期，可以幫助研究詞彙的起源。

再例如《太上正一咒鬼經》中「架屋立柱，築治園墟，修營家宅，破壞舍屋，移轉井灶，動促門戶，補治籬落，縛束壁帳，穿井掘窖，填補塞孔」〔註 12〕的「掘窖」，「掘窖」是造功立宅之義。在此使用的是本義。漢語大詞典中解釋為「猶掘藏」，例證為：宋蘇軾《仇池筆記盤遊飯穀董羹》：「江南人好作盤遊飯，鮓脯膾炙無不有，埋在飯中，里諺曰『掘得窖子』。羅浮頴老取凡飲食雜烹之，名『穀董羹』。」本研究中《太上正一咒鬼經》的時代是東晉，早於元朝時期，可以幫助研究該具體詞彙的起源。

〔註 10〕《正統道藏》正一部（4 部）《洞真太上太素玉籙》：1。

〔註 11〕《正統道藏》正一部（4 部）《太上正一咒鬼經》：1。

〔註 12〕《正統道藏》正一部（4 部）《太上正一咒鬼經》：1。

再如《太上正一咒鬼經》中「先代咎殃，及咒殺屍，破邪故炁，留殃妖魅」〔註 13〕的「破邪」一詞，「破邪」指的是破亂邪惡。《漢語大詞典》釋義為破除邪惡。唐李商隱《上河東公啟》之二：「爰記亨塗，風聞妙喻，雖縱幕府，常在道場。猶恨出俗情微，破邪功少。」可見該詞從東晉的聯合式名詞變為動賓式動詞的發展變化。

（二）新詞新義的出現，可以增加詞條或補充義項

中古法術類道經複音詞新義主要分成兩類，一類是出現許多道教複音詞的新義，一類是出現了許多具有道教特色的複音詞新義。

在對比《漢語大詞典》出現的 83 個新增義項中，由於道教特色詞彙產生的義項 38 個，占比 46%，可以說一部分道教特色詞的產生是在原有普通義項基礎上擴展完善，固定下來的。這些詞有：「六庚」「金章」「太冥」「四明」「玄景」「造景」「青宮」「四元」「明皇」「中田」「玉髓」「青宮」「元臺」「青旗」「九元」「鬼精」「神虎」「玄光」「上官」「命素」「命彩」「正教」「奏言」「上妙」「三色」「升化」「猖亡」「入寂」「神使」「紫房」「玄室」「皇宮」「天京」「侍子」「念道」「知道」「好道」「重法」。

在對比《漢語大詞典》出現的 83 個新增義項中，口語化新義的詞有 42 個，占比 50%，說明一部分複音詞的產生是在原有特殊義項基礎上擴展完善為普通詞，並固定下來的，也說明了中古時期口語化進程加速。這些詞有：「朝起」「共相」「破邪」「左次」「道別」「身量」「自任」「煞鬼」「生道」「左契」「流演」「空生」「下策」「立地」「成天」「無天」「成人」「反善」「生天」「露形」「持法」「剌事」「散光」「常事」「重犯」「普教」「兆形」「白文」「黃木」「珠林」「珠宮」「重基」「玉髓」「真神」「玉宮」「明石」「案具」「虎狼」「百毒」「考官」「都官」「白帽」。

（三）中古法術類道經湧現出的道經專詞對漢語複音詞的豐富

有些漢語詞彙的變化，僅見於道經及道教文獻，「道教文獻的用例可以作為補充語言研究中的相關材料，加強對同類現象的認識和理解。」〔註 14〕這類

〔註 13〕《正統道藏》正一部（4 部）《太上正一咒鬼經》：1。

〔註 14〕周作明，東晉南北朝道經名物詞新質研究〔D〕，〔博士學位論文〕，成都：四川大學，2007。

特殊的語言成分，只見於道典。但是，這類材料對漢語研究的價值，不僅對這部分古籍的閱讀有幫助，漢語是一個大系統，各種成分在這個系統中相互影響，因此，這種發生在某個局部的、短暫的變化，也是不可忽視的，因為它顯示了漢語發展中的一些可能，我們還研究得不夠深入。

從中古法術類道經複音詞的 83 個新義中，有 33 個道經專詞，歷時分析結果如下表：

表 1-8　中古法術類道經複音詞新義歷時統計表

《漢語大詞典》	道　經　專　詞
「首例」〔註 15〕早出中古法術類道經時期的道教特色詞複音詞	中田、元臺、玄光、紫房、玄室、生道、玄景、侍子
「首例」出自中古法術類道經同期書籍的道教特色詞複音詞	金章、神虎、命素、白幡、九元、生天
「首例」晚於中古法術類道經時期的道教特色詞複音詞	六庚、太冥、四明、青宮、空玄、四元、明皇、玉宮、青宮、命彩、皇宮、天京、明石、煞鬼、造景、上妙、升化、入寂、念道
道教特色詞合計	33 個

道經中大量出現的專用於道教的詞語，比如《太上正一咒鬼經》中「吾吏受辭，灶君上章，某甲無罪過，不得病賢良，吾含天地炁咒，毒殺鬼方咒」的「上章」一詞，指道士上表求神之義，都是道經專詞。這類專詞是不勝枚舉，也都值得深入研究。

1. **道經詞彙已經將所用的儒、佛典籍中詞彙，賦予了其新的內涵和意義**

詞彙特點體現在道教各個領域，道經詞彙已經將所用的儒、佛典籍中詞彙，賦予了其新的內涵和意義，並在流佈的過程中，因為經常使用而成為道教固定詞語一直使用。例如佛教用語的「共相」「無有」「啖食」均出現在《太上正一咒鬼經》複音詞中，「共相」「無有」原句為「臣某稽首再拜上言，今世微薄，運劫欲盡，人民凶逆，相習來久，外陽為善，內懷豺狼，但欲作惡，不念行慈，背面異辭，共相規圖，萬人之中，無有一人慾求生道者乎，心懷惡行」〔註 16〕。「啖食」原句為「九萬九千，皆能飛行，出入無間，啖食百鬼數千萬人眾精，

〔註 15〕這裡的首例是指比較《漢語大詞典》該詞的義項以及該義項釋義第一個引例而言的首例。

〔註 16〕《正統道藏》正一部（4 部）《太上正一咒鬼經》：1。

百邪不得妄前，天師神咒，急急如律令。」〔註 17〕

2. 豐富了詞彙描寫的精緻度

例如《洞真太上太素玉籙》中的「兆身」〔註 18〕，《漢語大詞典》無此詞，但是有「兆」的釋義，相近義項解釋為：兆民，《文選‧班固》：「兆，人也，兆民、人民。」《洞真太上太素玉籙》中「安臥閉目，存兆身頭太清太極宮中帝君」〔註 19〕的「兆身」，「兆」具有明顯道教特色，多數情況下專指修道的人，描寫更精緻細緻。

例如《洞真太上太素玉籙》「玄室」「天府」「皇宮」「天京」都是太極修煉的別名，道家修煉特用詞彙，描述修煉的內景位置，而不是字面本義。「太極有九名，一曰太清，二曰太極，三曰太微，四曰紫房，五曰玄室，六曰帝堂，七曰天府，八曰皇官，九曰天京玄都。要而言之，從人頂上直下一寸為太極宮，方一寸耳，在六合官上。」〔註 20〕隱語性質的詞彙體現在道教各個領域，並且在不斷地流佈過程中，一直沿用。描寫更精緻細緻。

例如《洞真太上太素玉籙》中「兆能修此道，可以升仙與天真相友，得與眾仙交通，則訶召神靈，降致金丹芝草也，坐致行廚、龍車羽蓋，靈童玉女、天下眾精，皆來走使，無問不知，無求不得。」〔註 21〕的「行廚」一詞，「行廚」是一種修行法術，修煉到位可以隔空取物之類，行廚為能讓貴神致食，召鬼使精。描寫更精緻細緻。

再如《洞真太上太素玉籙》中「戴佩太微石景黃文，今謹寫一通，以還仙君，使我登虛，運元駕雲，仙靈侍衛，與真為群。」〔註 22〕的「仙靈」一詞，是神靈之意。描寫更精緻細緻。

3. 出現了同義詞素不同組合的複音詞

主要是《太上正一咒鬼經》中的「騏鱗（麒麟）」「勑（敕）誥」「屯住（駐）」「忌誕（憚）」「淫迭（逸）」「祭杞（祀）」「朝（早）起」等。

〔註 17〕《正統道藏》正一部（4 部）《太上正一咒鬼經》：1。

〔註 18〕《正統道藏》正一部（4 部）《洞真太上太素玉籙》：1。

〔註 19〕《正統道藏》正一部（4 部）《洞真太上太素玉籙》：1。

〔註 20〕《正統道藏》正一部（4 部）《洞真太上太素玉籙》：1。

〔註 21〕《正統道藏》正一部（4 部）《洞真太上太素玉籙》：1。

〔註 22〕《正統道藏》正一部（4 部）《洞真太上太素玉籙》：1。

以「朝（早）」〔註 23〕起為例，《漢語大詞典》釋義為：「方言。早晨。」劉半農《瓦釜集第七歌》：「我朝起起來，黑曨曨裏就要上工去，夜裏家來，還要替別人家洗衣裳。」自注：「朝起，亦作早起，朝晨也；起字平讀。」「朝起」與「早起」同義詞素不同組合的複音詞，對於同義詞的發展研究有一定的價值。

4. 同素異構較多也是道教複音詞構詞形式的特色之一

《太上正一咒鬼經》中「元君諱字當讀是經，有諸高大廣長鬼神苦撓天下，暴酷百姓，鬼神行病，鬼神行疫，鬼神行炁。」〔註 24〕的「鬼神」與「不神鬼，詐稱鬼。」的「神鬼」二詞屬於同義互序詞，這種同義互序詞較多的出現都反映了道教詞彙用法的特色，值得研究。

第二節　中古法術類道經複音詞語料說明

中古法術類道經語料的年代跨度為東晉—南北朝—唐前，社會眾多因素紛繁複雜，反映在中古法術類道經複音詞語料中就是產生了大量的新詞新義。從整個詞彙發展史上看，這一現象不僅具有時代特徵，更是順應了詞彙發展規律。

一、研究對象

法術類道經的分類是按照朱越利〔註 25〕的分類標準劃〔註 26〕分的，其中法術類道經共 31 篇，共 55 卷約 40 萬字作為研究語料。本文選取其中有代表性的 8 篇，即中古東晉時期的《太上正一咒鬼經》《上清金真玉光八景飛經》《元始五老赤書玉篇真文天書經》《洞真太上太霄琅書》、南朝梁《無上三元鎮宅靈籙》《洞神八帝元變經》《洞真太上太素玉籙》和《上清太一金闕玉璽金真

〔註 23〕《正統道藏》正一部（4 部）《太上正一咒鬼經》：1。

〔註 24〕《正統道藏》正一部（4 部）《太上正一咒鬼經》：1。

〔註 25〕朱越利，道藏分類解題〔M〕，北京：華夏出版社，1996：98。

〔註 26〕朱氏分類如下：1、哲學（其中第六類為法術：包括符籙印法、齋法、步罡踏斗、雷法、雜術），2、法律，3、軍事，4、文化，5、體育，6、語言文字，7、文學，8、藝術，9、歷史，10、地理，11、化學，12、天文學，13、醫藥，14、工業技術，15、綜合性圖書。

記》進行研究的。

（一）《正統道藏》正一部（4 部）：《太上正一咒鬼經》一卷，撰人不詳，約出於南北朝。假託「正一」真人張陵告諸祭酒弟子。《上清金真玉光八景飛經》一卷，撰人不詳，約出於東晉。是早期「上清派」重要經典。《洞神八帝元變經》一卷，《洞神八帝元變經》全書分十五篇，言召役八大鬼神以預知吉凶之術。經文前有作者自序稱：魏永平元年（508），有仙人傳授劉助召役八帝之術，後由沙門惠宗撰文傳世，但其內容簡略。作者研磨斯文，尋訪先達，得此術要訣，遂演為此書。書取《易》「知變化之道者，其知神之所為乎」之意為名。《洞真太上太素玉籙》一卷，撰人不詳，約出於南北朝。係纂集《石景金陽素經》及「上清派」符文秘契而成。

（二）《正統道藏》上清經部（1 部）：《洞真太上太霄琅書》，撰人不詳，約出於蕭梁時期。

（三）《正統道藏》洞真部（1 部）：《元始五老赤書玉篇真文天書經》，原本二卷，後分作三卷。又名《洞玄靈寶赤書真文》，撰人不詳，約出於東晉。係古《靈寶經》之首經。

（四）《正統道藏》洞神部（1 部）：《無上三元鎮宅靈籙》一卷，撰人不詳。約出於南北朝末或隋唐之際。收入《道藏》洞神部神符類。此書假託元始太上玉皇無極大道君以無上三元安鎮宅籙傳授金明七真。

（五）《正統道藏》洞玄部（1 部）：《上清太一金闕玉璽金真記》，底本出處：《正統道藏》。

文章所引用的材料大部分基於原始的道藏文獻，道經選取版本為《道藏》。時間上中古語料包括從東漢—隋這一時段，反映的詞彙特徵雖然不能在時間上很明確地界定，但大約還是在中古範圍之內。

道經作為道教的傳世經典，被研究和挖掘的程度還不夠深入。本文的研究是圍繞著中古時期《道藏》上清派為主的法術類道教經典展開的，通過梳理和發掘其中的基礎性材料，力所能及地從漢語史的角度探討道經詞彙所處的重要地位。

本文擬通過中古法術類道經複音詞的構詞、新詞新義的梳理和歸納及新詞新義產生的途徑，展開探討法術類道經複音詞在中古複音詞研究中的漢語史特點的論述。

二、概念界定

道教法術類典籍是道教文獻的重要組成部分，其詞彙涉及社會民俗活動的很多內容，它既反映宗教心理也反映宗教歷史。道經法術產生於原始先民巫覡之術，這也是道教作為本土宗教最重要的特徵之一。按照朱越利《道藏分類解題》的劃分，將道藏中的15類中哲學類的第六類劃分為法術類典籍：包括符籙印法、齋法、步罡踏斗、雷法、雜術等諸典籍。本文所論述的中古法術類道經法術類詞彙研究就是指在上述劃分標準基礎上進行的。中古時期法術類道藏典籍詞彙按照詞義分類有：關於仙道神魔人物的詞彙；關於法術類功法、動作、活動的詞彙；關於法術類空間、功景、功態的詞彙；關於法術類法器、物品的詞彙；關於法術類教義、理旨的詞彙。法術類道經詞彙研究屬於專題研究。道教典籍出於傳播的需要，其內容定會涵蓋社會生活的方方面面，涉及到社會共時及歷時過程中諸如思想、文化、政治、社會、生活、天文、地理等方面的內容。又受到傳播階層文化水平的限制，必然要求語言的口語化、通俗化，其中一定存在大量的口語詞〔註27〕、方俗俚語詞，有些詞還具有獨特的道教詞彙特色。

三、時代背景

（一）政治、經濟客觀背景促成交際的新需要

語言詞彙系統的變化是社會各方面變化反映的主體，隨著歷史的變遷，某個族群的發展水平越來越高，實現了精神和物質的雙重提升，為了能夠對全新的發展狀態進行表述，就一定會產生新的語言詞彙。

中古時期社會政治、經濟等迅猛發展，使人們需要使用更多的新詞新義去承擔交際和表達的任務，詞語迅速發展壯大。科學技術水平日益提升，人們的生活水平也隨之改善。滿足了基本生活需求的人們，需要獲得更多的精神層面的滿足，開始對社會現象和人現象越來越關注，再加上物質的不斷豐富，人們有了更多的途徑去探索未知世界，實現了認知能力的發展。

（二）文化因素發展造成詞彙系統的調整

「南北朝時期在文學上較為重要的一個特色便是注重聲韻格律。從語言層

〔註27〕蕭紅、袁媛，百年中國道教文獻語言研究綜述〔J〕，武漢大學學報（人文科學版），2013（4）：67～73。

面分析，這種對聲韻格律的重視的修辭方法實際上導致了漢語整體詞彙系統的調整。」〔註 28〕無論是一般詞彙，還是佛教道教詞彙，這種影響都具有普遍性，道經語言以及佛經語言出現四字一頓的文法特點。中古法術類道經複音詞中四音節複音詞數量大於三音節複音詞，正是道經語言四字一頓地文法特點的表現。

（三）外族文化、外來語（佛教詞彙）、方言（南北方）詞的吸收式調整

東晉—南北朝—唐前，特別是南北朝政權分裂，南北方言詞相互碰撞發展、相互吸收改變，中古道教語言必然吸收借鑒了各地方言文化和語言。

中古時期外來文化被廣泛傳播，這其中屬佛教最為盛行，佛教與道教互相吸收發展。很多新詞都是通過語音模仿直接借到漢語裏的，佛教文化對中古道教語言產生一定的影響，進行了一定的吸收式調整。

第三節 中古法術類複音詞研究的基本理論問題

一、漢語詞彙複音化動因問題

（一）複音詞形成動因研究述略

「漢語具有複音化的過程，過去曾有學者否認，現在基本承認這一事實。」〔註 29〕漢語複音化還在殷商時代就開始了。至於漢語複音化的原因，學界還在探索，提出了許多不同的觀點，從宏觀和微觀兩個方面概括來說，有如下幾種。

1. 從宏觀方面

（1）外來語影響說

「受到兩方面因素的影響開始出現漢語複音化的趨勢：語音的簡化是內因，外語的吸收是外因。」〔註 30〕梁曉虹（1991），向熹（1993）也有類似觀

〔註 28〕陳羿竹，《高僧傳》複音詞研究〔D〕:〔博士學位論文〕，長春：東北師範大學，2014。

〔註 29〕郭紹虞，中國語詞之彈性作用〔J〕，燕京學報，1938（24）：1～34。

〔註 30〕王力，漢語史稿（修訂本）〔M〕，北京：中華書局，1980：342。

點。「外來語影響說也需要一個前提，複音化時深受外來語影響。」〔註 31〕漢語外來語是指不同民族、少數民族語言，或者是不在版圖上曾經的「外國」語言。

「外來語的吸收可能加速了詞的複音化，但不是漢語複音化的內在動因。」〔註 32〕唐鈺明（1986）認為：「在近現代的漢語發展史當中，外語的吸收加速了複音化的大規模轉變，但是這並不是古漢語複音化的證明條件，這主要是由於外來語在古漢語當中所佔的比例非常低，尤其是在金文和甲骨文當中，外來語幾乎是根本就不存在的。」〔註 33〕王力（1980）也說：「隨著漢語的發展，收到其內在規律的影響，複音化現象是必然會產生的，語音簡化以及外來語的吸收只是加速了這一進程。」〔註 34〕

（2）文化動因說

持這種觀點的有楊琳和程湘清。楊琳（1996）〔註 35〕認為對稱和諧是漢民族對美的最高追求，這一主體特徵融合到了漢民族生活的方方面面，其中也包括語言，漢語言片段和節奏多數都是成雙成對的。為了進一步追求語言形式的和諧，漢語詞彙逐漸向複音化發展，這是符合本民族的審美需求的，從本質上來說：「自古以來，兩個音節為一拍的表達形式就非常廣泛地存在於漢民族的講話和作文習慣當中，其中以作文最為明顯，對詞語的使用更側重於成雙成對的方式，在對詞的身份進行確定時，語言工作者也會堅持以雙音為主的原則，充分的結合客觀需求和主觀認同，使二者達到和諧統一，最終就導致了漢語詞彙的複音化現象。」程湘清（1992）也說：「對偶的要求，促進了雙音節詞的產生和應用。」而「複音化萌生早於漢民族講究對稱的文化。」〔註 36〕

〔註 31〕楊懷源，孫銀瓊，金文複音詞研究〔M〕，北京：人民出版社，2015：98。

〔註 32〕楊懷源，孫銀瓊，金文複音詞研究〔M〕，北京：人民出版社，2015：99。

〔註 33〕唐鈺明，金文複音詞簡論——兼論漢語複音化的起源，人類學論文選集唐鈺明卷〔M〕，合肥：安徽教育出版社，2002：132。

〔註 34〕王力，漢語史稿（修訂本）〔M〕，北京：中華書局，1980：340。

〔註 35〕楊琳，漢語詞彙與華夏文化〔M〕，北京：語文出版社，1996：182～197。

〔註 36〕程湘清，先秦漢語研究〔M〕，濟南：山東教育出版社，1992：111。

（3）外因說

關於複音化的動因，還有一些學者提出了有益的看法，有的學者認為複音化的原因是多方面的。

蘇新春〔註 37〕認為從再生能力方面考慮，漢語雙音化受到這一因素的影響非常大，另外還會受到思維認識等方面因素的影響。顏洽茂（1986）提出了自己的觀點，他認為：「詞彙的複音化發展在漢魏之際表現異常明顯，這是受到很多原因影響而產生的現象。隨著社會的變化，在漢魏交替之際需要大量的新詞融入語言當中來更加清晰的描繪當時的社會現實，另外修辭問題和佛經譯文撰寫也對這一現象起了決定性的作用。」〔註 38〕方一新〔註 39〕提出了自己對漢語複音的認識，在他看來，佛典慣用字的句式促進了東漢時期的語言習慣變革，許多雙音複合詞都是從習語演變而來的。梁曉虹〔註 40〕則認為跟佛經的通俗文體有關。周文德（2007）認為「學界所持有的不同觀點，非常有利於形成一種互補的漢語研究模式，當某一種說法單獨存在時，不夠對問題進行充分說明，只能夠作為一個組成環節發揮侷限性的作用，在所有研究觀點的共同促進下，才會使漢語複音詞的發展得以推進。」〔註 41〕另外，漢語的雙音化也是漢語言自身無法滿足社會發展需求的結果。

2. 從微觀方面

（1）語音簡化引起的詞彙補償說

「王力（1980）認為語音簡化是漢語複音化的主要原因：『漢語複音化有兩個主要的因素：第一是語音的簡化；第二是外語的吸收。』〔註 42〕王力（1989）對這一觀點又做了進一步的說明「雙音詞的發展是對語音簡化的一種平衡力量。」〔註 43〕「王力的說法得到了許多學者的贊同。馬真（1980）、郭錫良、

〔註 37〕蘇新春，漢語雙音詞化的根據和動因〔J〕，廣州師範學院學報，1990（4）：2。

〔註 38〕顏洽茂，古漢語詞彙研究的反思和創新〔J〕，語文導報，1986（8）：1。

〔註 39〕方一新，東漢語料與詞彙史研究議〔J〕，中國語文，1996（2）：3。

〔註 40〕梁曉紅，漢魏六朝譯經對漢語詞彙雙音化的影響〔J〕，南京師範大學學報，1991（2）：3。

〔註 41〕周文德，〈孟子〉複音詞研究〔D〕：〔博士後論文〕，成都：四川大學，2007。

〔註 42〕楊懷源，孫銀瓊，金文複音詞研究〔M〕，北京：人民出版社，2015：100。

〔註 43〕張麗萍，試論漢語詞彙複音化〔J〕，山東教育學院學報，2005（5）：2。

李玲璞（1992）提出的複音化是為了避免同音詞。」〔註 44〕

有不少學者持反對意見。如唐鈺明（1986）、楊琳〔註 45〕、伍宗文〔註 46〕等。

呂叔湘（1989）曾指出：「在最近幾百年的時間內，北方話保持了比較穩定的語音面貌，但是卻大量的增加了與政治經濟文化相關的雙音詞，並以此作為詞彙創新的表現。」〔註 47〕由此可見，漢語詞彙複音化的發展，並不是以語音簡化為內在動因的。程湘清（1992）曾認為語音簡化不是詞彙複音化的原因而是其結果：「正是詞語的複音化主要是雙音化在先，才導致了語音系統的簡化。」〔註 48〕正如周文德（2007）所說：「如果說需要通過雙音化來彌補詞彙的表意受到單音同音詞增加的影響，那麼是否需要相應的增加三音或四音詞來對今後有可能出現的雙音詞的同音詞過多的現象進行調整呢？」〔註 49〕

（2）語義精密化說

語義精密化是一個相對的問題。在《國語學草創》第四篇「國語後天發展之心理觀」〔註 50〕中認為漢語詞音節增多是「括延之使其概念明確而豐富。」後來不少學者有類似看法。程湘清（1992）認為漢語複音化「在交際任務和交際手段的共同作用下，助力了漢語複音化的發展。」〔註 51〕唐鈺明（1998）認為：「精密化地對語義進行表達才是漢語複音化最根本的動因，在這一過程當中對語音形式進行了完善，僅僅是一個附加效應。自始至終，漢語複音化，都堅持以語義的精密化為發展中心，而避免同音詞也好，外語的吸收也好，

〔註 44〕楊懷源，孫銀瓊，金文複音詞研究〔M〕，北京：人民出版社，2015：101。

〔註 45〕楊琳，漢語詞彙複音化新論〔J〕，煙臺大學學報（哲學社會科學版），1995（4）：1。

〔註 46〕楊懷源，孫銀瓊，金文複音詞研究〔M〕，北京：人民出版社，2015：105。

〔註 47〕呂叔湘，呂叔湘自選集——現代漢語單雙音節問題初探〔M〕，上海：上海教育出版社，1989：205。

〔註 48〕程湘清，先秦雙音詞研究，先秦漢語研究〔M〕，濟南：山東教育出版社，1992：57～61。

〔註 49〕周文德，《孟子》複音詞研究〔D〕:〔博士學位論文〕，成都：四川大學，2007。

〔註 50〕胡以魯，國語學草創〔M〕，北京：商務印書館，1912：60。

〔註 51〕程湘清，先秦漢語研究〔M〕，濟南：山東教育出版社，1992：72。

都不過是次要的因素罷了。」〔註52〕「黃志強（1985）、張雙棣（1989）、許威漢（1989）、錢宗武（1994）」〔註53〕也對這種觀點進行了論證。

表義不精密的現象，必須存在於以單音節為主的語言時期。但是這並不是一個最為可靠的前提條件。交流是語言的基本功能，這是對信息進行編輯和翻譯表達的過程，只有得到正確理解的信息才是有效的：在語言能力正常的前提條件下，信息發出者的意圖通過語言符號的方式表達出來後，能夠被信息接收者正確地進行理解。這是表意精密的基礎。對表意精密進行判斷時，不能夠以社會現象在詞彙系統當中的表現為依據。人們在運用語言的過程當中，只是對存在於自身周圍的客觀世界進行表現和反應，並以此為基礎形成語彙系統。

語言隨著人類的出現而產生，到了在現階段範圍內適用的語言，並不具備普遍性，不能夠說明整個語言的發展史，就是從不精密向精密進化的。所以，我們不能說殷商時代的語言的精密化程度一定低於現代漢語。由古至今，在語言發展史上，出現了諸如唐詩宋詞、明清小說等為後人所讚歎不已的經典，打破了語言精密化是隨著時代發展而發展的論點。對於每一個歷史時期來說，表意精密的語言就是能夠與當時的語言生活相適應。語言就是服務於人們的日常生活的，是以加深理解為目的，不具備通及推導的特點。

漢語複音化是為了語義表達精密化的論點有待研究。

（3）漢語特點說

盛九疇（1983）認為，上古漢語是單音節孤立語，這也是漢語構詞會出現複音化現象的一個主要原因，是受到漢語的基本特點影響的。由於受到單音節性的影響，漢語詞彙的表達過於單一，表現手段過分依賴於語序和虛詞的應用，進而導致同音詞大量出現，同一個詞語需要兼具多重含義，複音化是解決這些問題的有效途徑。「靜態的詞是一詞多義，語境具有限制同音詞的作用，並不會影響表達和理解。」〔註54〕而且在類型學特徵當中並不包括漢語的同音詞和一詞多義現象，這是由於這一現象也普遍存在於其他語言當中。

「徐通鏘（1997）認為漢語詞（字）複音化（字組）的原因是編碼體系

〔註52〕唐鈺明，古文字學綱要〔M〕，廣州：中山大學出版社，1998：137。

〔註53〕楊懷源，孫銀瓊，金文複音詞研究〔M〕，北京：人民出版社，2015：100。

〔註54〕盛九疇，訓詁與文言文教學〔M〕，上海：人民出版社，1983：103～107。

內部存在著結構的不平衡性。」〔註 55〕從宏觀角度看，印歐系語言編碼三者並重，早期漢語的編碼只重空間形成結構的嚴重不平衡性。「編碼體系的結構不平衡必然引起語言的演變。」〔註 56〕從微觀角度看，從單音到複音演變的橋樑是聯綿字。

（4）韻律說

呂雲生（1990）認為並列雙音詞的產生是以漢語節律中的雙音步為「最直接最重要的動力」〔註 57〕，是對其影響力最大的因素。

馮勝利〔註 58〕根據二十世紀九十年代 McCarthy & Prince 發展的「韻律構詞學」（Prosodic Morphology）理論建構漢語韻律構詞學。

王洪君〔註 59〕概括了漢語的韻律和韻律短語，認為詞的「音步」要求是促使漢語複音化的主要原因。

伍宗文（2001）認為「先秦漢語中雙音節的音變構詞方式最能滿足音步的要求」〔註 60〕。由音變構詞形成了重言、緩言等單純複音詞。馮勝利（1997）「複合式的產生未必全是意義表達的必需，音步的制約作用不能忽視。」〔註 61〕

總之，認為雙音步是漢語複音化的來源的說法，還值得進一步探討。馮勝利（2005）已注意到這些問題，並進行了一些探索。

（二）本文採用的觀點和理論依據

可以說，漢語詞彙的發展不是單一原因促成的，任何一個說法不能完全概括複音詞動因問題，也不能絕對解析複音詞動因問題。每種說法只能解決部分問題，比如：語義精密化，只是一個因素，但都不是絕對的，每種理論說法都能產生最有用的內核，然後用其他的理論進行補充。複音詞產生的動因是綜合性的，各種說法分別起作用。每種說法都有例證作為支撐，但沒有例證能完全涵蓋存在的問題。同時，漢語詞彙的發展不是一種原因促成發展

〔註 55〕楊懷源，孫銀瓊，金文複音詞研究〔M〕，北京：人民出版社，2015：99。

〔註 56〕徐通鏘，語言論〔M〕，長春：東北師範大學出版社，1997：334～361。

〔註 57〕呂雲生，論漢語並列複合詞形成的條件與原因〔J〕，古漢語研究，1990（4）：2。

〔註 58〕馮勝利，論漢語的韻律詞〔J〕，中國社會科學，1996（1）：1。

〔註 59〕王洪君，漢語的韻律詞與韻律短語〔J〕，中國語文，2000（6）：2。

〔註 60〕伍宗文，先秦漢語複音詞研究〔M〕，成都：巴蜀書社，2001：306～327。

〔註 61〕馮勝利，漢語的韻律、詞法與句法〔M〕，北京：北京大學出版社，1997：32。

的，每一種理論都有其時代性，具有所處的時代特徵，一個說法在某個時代起決定作用，統一來看，最終形成漢語複音化的動因理論說法應該是一個個原因促成的，我們不能用靜止的方式看問題，要用動態的、整體的方式看問題。

由此觀之，上述有關動因的說法不是互相排斥的。在不影響詞彙語義構成的情況下，應當採用綜合的觀點來解釋問題。楊懷源（2015）認為：「詞的產生與消亡的根源是認知的變化與不變導致的。然後根據這一認識與事物的變化規律，總結詞的產生存在兩種情況：一是給舊事物命名；二是為新事物命名。然後探討詞彙發展的主要動因原則和主要來源。」〔註 62〕楊氏從新詞產生的基本類型論述，談及新詞演變規律，探討詞彙發展的動因原則和來源。他的理論方法思路是極為可取的。

楊懷源的觀點首先是將新詞產生和舊詞消亡分為三種基本類型。一是認知變化，事物不變；二是事物和認知都保持不變；三是事物變化，認知變化〔註 63〕。

1. 新詞產生的基本類型

社會不斷發展，社會事物的產生與消亡，促進了認知能力的發展。通過以下兩方面可以看出：一、知識庫的增長速度越來越快；二、人類的知識庫內部結構在不斷優化。人類對客觀世界的探索是永無止境的，雖然擁有了無限的認知能力，但是仍然不能夠探索到未知世界的邊界。在語言哲學當中，客觀世界是通過語言反映出來的。世界因為有了語言才會被人們所認識，語言能夠充分的反映出人類社會的變化情況，也能夠把人類的知識庫準確的描繪出來。語言詞彙系統的變化是這種反映的主體，隨著歷史的變遷，某個族群的發展水平越來越高，實現了精神和物質的雙重提升，為了能夠對全新的發展狀態進行表述就一定會產生新的語言詞彙。

在語言中，變化最快的是詞彙。社會新舊事物的更替，必然引起新詞與舊詞的更迭，這也符合詞彙發展演變的規律。然而，「自然界的事物是不會消亡的，人類所認識到的新事物也並不是在認識他的同時而產生的，這只是人

〔註 62〕楊懷源，孫銀瓊，金文複音詞研究〔M〕，北京：人民出版社，2015：117。

〔註 63〕楊懷源，孫銀瓊，金文複音詞研究〔M〕，北京：人民出版社，2015：117。

類認知能力拓展的結果。」〔註 64〕主觀性因素在很大程度上決定了事物的重要程度，這種變化屬於認知概念系統變化的一種，詞彙的變化是這種變化在語言系統當中的反應。並不是所有的新事物都會引發新詞的產生，也不是所有的新詞都是隨著新事物一起出現的，很多情況是事物剛剛得到確認便用一個新詞來對其進行表達，如「四維」，《洞真太上太霄琅書》：「理化正四維，號為眾帝宗」〔註 65〕。

根據前文的論述可以看出保持不變的狀態是客觀事物的主要表現特徵，但是人類的認知是在不斷發展變化的，他們需要用全新的概念來標識新認識的事物，同時淘汰掉不合時宜的舊概念，這就是舊詞的消亡和新詞的產生。

2 .新詞產生演變的規律

根據概念系統的觀點，演變的規律有三種情形如下表：

表 1-9　概念系統演變規律表

認知、概念 / 事物	變	不變
不變	產生新詞	不產生新詞
變	產生新詞	產生新詞

根據上表，我們進而可以看出，根據事物變與不變，產生兩種演變情況，一是給舊事物命名；二是為新事物命名。那麼在此基礎上，複音詞產生的動因可以重點歸納為以下三個方面原則。

3. 複音詞產生的動因的原則

（1）經濟性原則

董志翹〔註 66〕指出：「新詞的詞彙又是在已有的語言材料和構詞方法的基礎上進行的」，「給概念命名，漢語裏有兩種不同的方式：第一，由詞表達，

〔註 64〕陳嘉映，論名稱，中國現象學與哲學評論〔M〕，上海：上海譯文出版社，1995：98。

〔註 65〕《正統道藏》上清經部（1 部）《洞真太上太宵琅書》：1。

〔註 66〕董志翹，《入唐求法巡禮行記》詞彙研究〔M〕，北京：中國社會科學出版社，2000：90～185。

形成單獨概念；第二，用短語表達，形成複合概念。」〔註 67〕

「經濟原則（economic principle）是法國著名語言學家瑪爾丁（A.Martinet）在帕西（P.Passy）、弗萊（H.Frei）的學說的基礎上，為解釋語言演變提出來的」〔註 68〕，其要旨張雲秋，周建設（2004）概括為「人們在言語活動中又總是盡可能地減少力量的消耗來完成交際和表達。」〔註 69〕

由經濟原則的制約形成複音詞，其結構形式主要為：偏正式，如「大聖」「至真」；述賓式，如「飛天」「司錄」；聯合式的一類（語義表現為：A＋B→C，C≠A，C≠B），如「門戶」「子孫」等。

（2）韻律要求原則

韻律要求反映在詞彙上其根本還是一種思維的哲學表述。

「對固有概念衍生新詞來表示，語義表現說明語言中本來有單音詞來表達這個概念但又產生了複音詞來表達。」〔註 70〕周文德（2007）和楊懷源（2009）都指出了這種說法不夠科學。「同義詞素連用組成複合詞帶有強調意味。相反詞素構成的複音詞產生了與成詞詞素不一樣的意義已經是創造新詞。」〔註 71〕

（3）模仿性原則

中古時期外來文化被廣泛傳播，其中佛教最為盛行，佛教與本土道教互相吸收發展。表現在語言詞彙上，中古法術類道經的道教語言也吸收借鑒了佛教文化和語言。

儒學詞語、方言詞與道教語言的融合交互也大大增強。表現在語言詞彙上，中古法術類道經的道教語言也吸收借鑒了儒學文化和語言。

（4）複音詞的來源

「複音詞有兩個來源：一是由凝固而來，二是其進入語言系統的初始狀態

〔註 67〕匡臘英，楊懷源，命名的選擇與限制：漢語複音化動因再探〔J〕，重慶師範大學學報（哲社版），2017（3）：1～2。

〔註 68〕楊懷源，孫銀瓊，金文複音詞研究〔M〕，北京：人民出版社，2015：127～128。

〔註 69〕周紹珩，馬丁內的語言功能觀和語言經濟原則〔J〕，國外語言學，1980（4）：2～3。

〔註 70〕匡臘英，楊懷源，命名的選擇與限制：漢語複音化動因再探〔J〕，重慶師範大學學報（哲社版），2017（3）：1～2。

〔註 71〕匡臘英，楊懷源，命名的選擇與限制：漢語複音化動因再探〔J〕，重慶師範大學學報（哲社版），2017（3）：2～3。

就是詞。程湘清（2003）以為同義或近義聯合式雙音詞的產生（可能）可以徑直在交際中使用。」〔註72〕

二、複音詞判定標準與切分

（一）複音詞判定標準述略

區分複音詞和短語具有其本身的特殊性。王力（1990）認為〔註73〕：「一切都可以說明，詞和仂語之間沒有絕對的界限的。」

「判定什麼是詞，五十年代，曾對什麼是詞（即詞與詞素，短語的區分問題）進行了一次熱烈的討論。參加討論的主要有俞敏、伯韓、王紅夫、文煉、梅德愈、史存直、向若、張世祿、譚永祥、鄭力、龔秀石、楊永泉、呂叔湘、余彤、平直、王力、鍾棱、洪篤仁、馮成麟等。周薦（1995）認為如何劃分與短語的界線，並沒有得出一致的結論，學者續有探索。」〔註74〕

1. 從語音、語義、語法三個方面入手

「張世祿（1956）發表了富有創見的觀點，認為在需要就短語構成和詞的產生的關係上來討論」〔註75〕

張永言〔註76〕提出「考察詞的結構整體性」「詞的完整定形性」和「詞的意義融合性」三個複音詞判定的基本原則。

2. 突出強調意義

趙元任（1980）對此也有論述：「凡是意義的結合不等於結合的意義的複詞。」馬真（1980；1981）認為意義標準在判定詞與非詞時的決定性作用。

3. 強調音步法

「呂叔湘（1979）結合現代漢語語法的分析，提出了區分詞與短語的五項因素。馮勝利（1996、2005）提出：漢語複合詞的形式標記就是音步，也就是

〔註72〕匡臘英，楊懷源，命名的選擇與限制：漢語複音化動因再探〔J〕，重慶師範大學學報（哲社版），2017（6）：2～3。

〔註73〕王力，詞和仂語的界限問題〔M〕，濟南：山東教育出版社，1990：340。

〔註74〕楊懷源，孫銀瓊，金文複音詞研究〔M〕，北京：人民出版社，2015：86。

〔註75〕劉興均，《周禮》名物詞研究〔M〕，成都：巴蜀出版社，2001：126。

〔註76〕張永言，詞彙學簡論〔M〕，武漢：華中工學院出版社，1982：9。

由音步決定的韻律詞。」〔註 77〕

4. 頻率法

周法高（1961）提出了在考慮意義標準、語法標準外，還要參看使用頻率〔註 78〕。

「張雙棣（1989）認為參考出現頻率及同時代其他文獻的使用情況」〔註 79〕。

5. 結構對比法

周生亞〔註 80〕認為應當把意義和形式的分析結合起來，同時可以從上下文的結構對比中判定的是詞。

6. 修辭手段法

「程湘清（1992）在前人基礎上對古代漢語複音詞的判定標準進行了總結，而提出修辭手段的鑒定作用是其創新之處」〔註 81〕。

7. 綜合法

毛遠明（1999）認為首先要考慮的是意義的融合性、整體性〔註 82〕。

伍宗文（2001）認為，具體應用時需要綜合語義、語法、見次率等諸多因素，全面考察〔註 83〕。

沈懷興（2002）在否定了擴展法判定詞的功能後，提出了新的鑒別方法：採取歷時研究方法，聯繫社會與人對它的產生和發展變化進行具體考察。但是對難找歷史的上古漢語詞的判定沒甚用處〔註 84〕。

〔註 77〕馮勝利，論漢語的韻律詞〔J〕，中國社會科學，1996（1）：1～2。

〔註 78〕周法高，古代漢語～構詞編〔M〕，臺北市：臺灣國風出版社，1961：89。

〔註 79〕張雙棣，〈呂氏春秋〉詞彙研究〔M〕，濟南：山東教育出版社，1989：171。

〔註 80〕周生亞，〈世說新語〉中的複音詞問題〔J〕，長春：吉林大學社會科學學報，1982：2。

〔註 81〕程湘清，先秦雙音詞研究，先秦漢語研究〔M〕，濟南：山東教育出版社，1992：39～59。

〔註 82〕毛遠明，左傳詞彙研究〔M〕，北碚：西南師範大學出版社，1999：82～89。

〔註 83〕伍宗文，從「意義的結合」看複音詞〔J〕，西南民族學院學院報，2001（7）：2。

〔註 84〕沈懷興，「離合說」析疑〔J〕，語言教學與研究，2002（6）：2。

（二）本文切分複音詞的方法

1. 確定從意義的角度著手來切分複音詞

「一個語言片段在具體的語流裏，具有三個方面的內容：意義、語音、語法功能。我們應該主要從意義的方面著手來切分複音詞，儘管意義具有主觀性，但是以某種語言為母語的人們對該語言中的意義的理解還是有共同性的。」〔註 85〕

2. 從詞素數量、詞的整體性上來劃分複音詞

複音詞詞素數量上來區分，分為單純詞、合成詞，單純詞不是單音詞。從構詞角度來講，複音詞又可以分為單純詞和合成詞，單純詞本身既包含在複音詞裏又包含在單音詞裏。兩個以上詞根詞素為合成詞，附加的一個詞素不是合成詞，單純詞是一個詞素的詞，即使是三個以上音節也是單純詞，一般為聯綿詞。

一個詞素，一個詞的整體性很重要，雖然有的詞具有合成詞的特徵，但是我們還是要看具體的這個詞在句子中是否具有一個詞義，例如河南「新野」等地名、術語，具有詞素的單一性，不可拆開來使用，但是在一定的範疇之外，就是合成詞，所以具體要看語言使用環境。

緣於此，結合上節對複音詞判斷標準的評判原則，本文的複音詞切分是按照具體的中古法術類各道經篇章中具體的語義環境來劃分實際意義的，即使有些與前面章節論述的所有其他主要切分複音詞的原則和方法有所不同，也是按照本文詞彙所在的具體語義環境下表現出來的實際詞義來切分的。

第四節　中古法術類道經複音詞的研究方法及實施步驟

道教是國學重要的組成部分，道與儒、佛一起構成傳統文化的根底。道經是記錄道教文化、思想的典籍，凡是收入《道藏》的書或文，均被稱為道經。相比佛教、儒教、道教的研究不充分，道經的研究更是沒有充分開展，成果較少，其中的中古時期法術類道經詞彙既是道經詞彙史重要組成部分，又是漢語詞彙系統產生發展的承上啟下階段在道經詞彙領域的具體表現，但是卻屬於詞彙研究的空白點。本書研究的是中古階段《道藏》法術類諸道經

〔註 85〕楊懷源，孫銀瓊，金文複音詞研究〔M〕，北京：人民出版社，2015：96～97。

複音詞，屬於中古漢語斷代專題專類詞彙研究範圍。法術類諸道經的劃分標準是按照朱越利的《道藏分類解題》為標準劃分的所有法術類道經，共 31 篇共 55 卷約 40 萬字作為研究語料。本文從 31 篇中選取了有代表性的 8 篇，即中古東晉時期的《太上正一咒鬼經》《上清金真玉光八景飛經》（上清經）、《元始五老赤書玉篇真文天書經》（靈寶經）、南朝宋《洞真太上太霄琅書》、南朝梁《無上三元鎮宅靈籙》、南北朝《洞神八帝元變經》和《洞真太上太素玉籙》、唐前《上清太一金闕玉璽金真記》為例來研究整個中古法術類道經複音詞情況的。

一、研究方法

中古時期法術類道經詞彙既是道經詞彙的重要組成部分，又是漢語詞彙系統發展演變過程中承上啟下階段的轉折點，但是相關研究卻屬於空白點。在研究過程中，主要採用以下方法：

陸儉明（2003）指出：「在研究的過程當中，我們所堅持的理論來自不同的方向和層面，這主要是由於：首先，所有理論方法的產生都是建立在合理的基礎上的，但是與此同時也會受到某些因素的限制，不能夠進行全面的應用和表達。其次，如果理論研究僅僅停留在某一種理論的基礎上，那麼研究結論必然會過於片面，進而限制了漢語研究的範圍。」〔註 86〕另外，研究思路的創新，能夠對多種理論和方法當中的先進內容進行學習，提高研究效率。一般情況下是通過兩種途徑來提出假設，分別是：研究角度的確立需要通過假設來確定；研究的方向也需要以好的假設為基礎。

（一）方法論

在傳統訓詁學研究基礎上借鑒現代詞彙學、語義學的基本理論和方法，在研究的過程當中，既進行了縱橫比較，又恰到好處地運用了共識和歷時研究。關於漢語史的研究方法問題，有許多學者提出了獨到見解。要更加全面地對古代語言進行研究。對某一時期的語言進行研究是橫向的，對語言在各個時期的傳承進行研究是縱向的。同時也注意到了點面結合。以具體的有代表性的例子來說明某些問題、做到了達到一定使用數量的例證分析。

〔註 86〕陸儉明，漢語和漢語研究十五講〔M〕，北京：北京大學出版社，2003。

定性與定量分析法：本文還充分地結合了定性與計量分析，窮盡性的梳理了中古法術類道經所有複音詞，根據數據進行定性分析。充分運用圖表統計和定量分析，使比較分析更為深入。在研究中注意把定性分析和定量分析結合起來。定性分析是對詞彙發展規律的說明，是詞彙研究的最終目的。不管是斷代的詞彙研究、整體的漢語詞彙研究，還是專書詞彙研究，最終的落腳點都是要對所研究的詞彙現象進行理論分析，總結出詞彙發展的若干規律。顯然，在這個分析歸納的過程中是離不開一定的定量分析的,統計數據有時更能說明問題。定量分析方法的使用時要有一定保證的，比如大型語料庫等，但由於自己掌握的語料庫有限，在有些地方還是只能依靠手工統計，在一定程度上可能影響研究論證效果。在論證觀點時，從原始數據採集，統計數字來說明觀點，盡可能做到論據正確可靠。

比較分析法：比較分析是本論題重點使用的研究方法，如個體成員歷史發展變化情況的比較分析、詞彙系統歷史發展演變情況的比較分析、詞彙系統內部不同成員的共時使用情況的比較分析等，對比上古、中古、近代等各個時期的數據，分析查找演變趨勢和規律。

邏輯分析歸納法：在對理論進行全面梳理的基礎上，進行客觀描寫。從研究方法的角度來說,主要有兩個流派研究中古漢語詞彙,一派是純語言的研究，另一派是將語言和文獻整理結合起來。本文在基本理論部分進行理論的探討與使用說明，然後結合具體語料數據進一步分析比較，探討揭示語言發展規律。

（二）搜集數據的方法

語料的搜集要盡可能擴大範圍。雖然不可能完全的對語料進行搜集，但是只要盡可能地擴大範圍，就能夠減少遺漏現象的產生。另外，語料的獲取方式如果過於單一，就不能夠滿足研究的需求，所以必須要綜合考慮兩種因素。研究的本質就是要透過事實發現其中所蘊含的理論。要想達到一定的理論高度，就必須細緻地分析事實基礎。

選取中古法術類道經詞彙為研究對象，在前人研究的基礎上，對中古法術進行更加全面的描繪，力圖將其特點全範圍地展現出來，並通過這一現象對詞彙發展的現象和規律進行深入的探討，也對漢語詞彙整體發展中的一些問題進行初步的探討。

語料時代鑒別問題：一般文獻的時代，大體上以作者的時代為依據。在這裡要指出的是道經語言的時代問題，處理的辦法是將道經直接引用的檔案材料一般視為所述歷史時代的語言材料。

在收集、整理與歸納方面：利用電子文獻全文檢索與手工重點考察相結合的語料收集方法，從中古法術類道經各道經原文獻中逐句逐字手工切分複音詞，摘錄出每個複音詞，並後附數字為該複音詞使用頻次。同時查閱古代工具書，廣泛閱讀近年來詞彙研究新成果，也收集比較生僻少見的詞語。利用《漢語大詞典》等搜查、對比新詞新義。

二、實施步驟

（一）多渠道、大範圍地收集相關詞彙，文章所引用的材料大部分基於原始的道藏文獻，道經選用底本為《道藏》。以法術類道經複音詞為研究對象，採取手工重點考察與電子文獻全面窮盡式檢索相結合收集方法，對中古法術類道經複音詞進行整理歸納。共手工切分出6470個複音詞，查閱相關古今工具書，收集相關詞彙，然後對照《漢語大詞典》進行個別詞語的校正。

（二）廣泛閱讀近年來複音詞研究、道經專書詞彙研究的成果，做好研究綜述和研究價值的分析工作。在工作全部完成的基礎上，對收集的所有詞語進行整理歸類。對相關詞彙進行系統的整理和理論探討，得出規律性的認識。

（三）根據語料，對相關的複音詞彙進行構詞歸類及綜合統計數據的共時、歷時考察，分類描寫並歸納複音詞在不同時期的發展變化狀況。充分利用圖表統計和定量分析的數據，使歷時和共時對比分析更深入。比較分析是本論題重點使用的研究方法。主要從構詞形式和詞義兩個方面，進行整理分析，總結規律和特點，揭示發展規律及動因。

（四）比照《漢語大詞典》對複音詞進行對比分析。根據《漢語大詞典》中該詞「首例」出現的時間歸納新詞新義。根據新詞新義具體數據分析，歸納總結出新詞新義產生途徑。

第五節　當前學界關於中古法術類道經複音詞研究的現狀

本書選取三個方面的研究成果：第一，選取道教典籍詞彙研究成果分析現狀，發現當前語言學角度道教經典研究範圍還比較窄；第二，選取專題類詞彙研究成果並分析現狀，發現專題類詞彙研究雖然價值很高但是研究專題詞及構詞法研究的很少；第三，選取道教專書詞彙研究成果，分析現狀，發現道教專書詞彙遠遠滯後於儒學、佛學專書詞彙的研究，還有很大的研究空間和前景。

從詞彙學角度，對法術類文獻詞彙進行研究的成果相對較少。目前為止，相關內容的研究成果，主要集中在史書、小說、佛經上面，成果較多。由於道經研究相對不足，成果薄弱，並且多是從文化、考古方面進行研究，以至於法術類文獻詞彙研究成果明顯過少。

一、語言學角度道教經典研究範圍較窄

（一）以道經研究為主要內容的研究成果，從研究文獻的體裁上看：史書、小說、佛經成果都比較多，但是關於道經研究不夠重視，研究成果很少。而且多從文化、考古方面研究，法術類文獻從詞彙角度研究的更微少可憐。

（二）目前，從語言學角度對道經展開的研究，主要集中在重要典籍上，如《太平經》《抱朴子》《真誥》《周氏冥通記》《雲笈七籤》等，其他典籍的研究還處於起步階段。

《黃庭經》《上清大洞真經》、晉代靈寶經系的《首度人經》、唐代《陰符經》《太上老君說常清淨經》以及《玉皇經》中，大量出現的口語詞彙具有重要的研究價值，但目前研究不夠深入。《黃庭經》語言方面研究成果僅有王磊〔註87〕的淺析《黃庭經》之「膽」和陳攖寧〔註88〕的《黃庭經》講義；《上清大洞真經》語言方面研究成果僅有夏先忠．俞理明的《從〈上清大洞真經〉用韻看它的成書年代》〔註89〕和汪業全的《上清大洞真經玉訣音義》音注考〔註90〕；《陰符經》語言方面研究成果僅有韓鋼的唐宋《陰符經》注疏研究〔註91〕、馬

〔註87〕王磊，淺析《黃庭經》之「膽」〔J〕，老子學刊，2016：1。

〔註88〕陳攖寧，《黃庭經》講義〔J〕，道協會刊，1980：1。

〔註89〕夏先忠，俞理明，從《上清大洞真經》用韻看它的成書年代〔J〕，敦煌學輯刊，2010：4。

〔註90〕汪業全，《上清大洞真經玉訣音義》音注考〔J〕，桂林師範高等專科學院學報，2004：1。

〔註91〕韓鋼，唐宋《陰符經》注疏研究〔D〕：〔碩士學位論文〕，長春：吉林大學，2012。

豔超的《陰符經》文獻考〔註 92〕和尹乾秀的《陰符經》解義〔註 93〕。

（三）現有的古文獻詞語考釋成果最多，詞彙研究很薄弱。關於道教文獻的研究，從傳統文化的角度，已經形成了比較成熟的學派。但是在語言學的研究領域，以上成果中常用詞、構詞、義類方面研究的內容較少，詞義演變研究的不充分，對新詞新義有待進一步考證，特別是其中法術類文獻更是沒有詞彙方面的研究。以下按照時間的順序排列成果。

王明的《太平經合校》〔註 94〕，通過校、補、附、存的過程，以《太平經鈔》為依據，結合其他引書二十七種，對一百七十餘卷太平經進行了整體性的面貌恢復，並考訂和說明了相關問題。中國道教初期的經典蘊含在這本書當中。《抱朴子內篇校釋》〔註 95〕，對《抱朴子內篇》詞彙進行了例釋、校正的梳理。道教典籍語料的價值的探討，俞理明、周作明的《論道教典籍語料在漢語詞彙史研究中的價值》〔註 96〕，主要從漢語詞彙史角度進行釋義、訂誤入手，指出了二千年來對中華民族產生了重大影響、富有特色的道教文獻，是值得重視的語料，可惜這方面的研究並不充分。進而探討了漢代與六朝的道教典籍資料，說明了道教典籍語料對漢語詞彙史研究的價值。

周作明的《東晉南朝道教上清派經典行為詞新質研究》〔註 97〕，該文強調道教典籍隨著歲月傳承下來的並不僅僅是文字，其中還蘊含了中華民族幾千年來隨著時代的發展所形成的思想文化，同時也對漢語的發展過程進行了真實的寫照。《上清經》是上清派所流傳下來的經典，在東晉南北朝時期，繁榮於江東地區，為我們研究那一時期的漢語面貌提供了重要的文字依據，但是現階段，還沒有取得更多的研究成果，還需要我們進一步對其中所蘊含的基本詞彙進行深入的分析。在此文當中，以六朝部分所涉及的內容為主，這主

〔註 92〕馬豔超，《陰符經》文獻考〔D〕:〔碩士學位論文〕，南寧：廣西師範大學，2012。

〔註 93〕尹乾秀，《陰符經》解義〔J〕，船山學報，1993：2。

〔註 94〕王明，太平經合校〔M〕，北京：中華書局，1980：20。

〔註 95〕王明，抱朴子內篇校釋〔M〕，北京：中華書局，1980：18。

〔註 96〕俞理明，周作明，論道教典籍語料在漢語詞彙史研究中的價值〔J〕，綿陽師範學院學報，2005：4。

〔註 97〕周作明，東晉南朝道教上清派經典行為詞新質研究〔D〕:〔博士學位論文〕，成都：四川大學，2007。

要是由於這一歷史時期的文獻資料可參考性比較強，通過對這一階段《上清經》中的詞彙進行篩選，確定的研究詞彙有 2901 個，其中，最受到人們關注的是「生命度」的概念的引入，文中對這一概念進行了全方位的描寫和深入細緻的分析，對這一詞彙的來源和語用地位進行了剖析。道教典籍語料中新質的探討，周作明的《東晉南朝道教上清派經典行為詞新質研究》〔註 98〕，該文強調道教典籍傳承下來的不僅是文字載體，其中還蘊含了中華民族幾千年來所形成的思想文化，同時也是漢語的發展真實的寫照。《上清經》是道教上清派的經典，在東晉南北朝時期，繁榮於江東地區，為研究這個時期的漢語面貌提供了重要的文字依據。但是現階段，還沒有更多的研究成果出現，還需要進一步對其中的詞彙進行深入的分析。該論文以六朝時期所涉及的內容為主，主要是由於這一歷史時期的文獻資料可參考性比較強。尤其關注的是「生命度」的概念，文中對這一概念進行了全方位的描寫和深入細緻的分析，對這一詞彙的來源和語用地位進行了剖析。

葉貴良的《敦煌道經詞彙考釋》〔註 99〕，該書收集了大量敦煌詞語並加以解析，具有較高的研究價值。

牛尚鵬的《淺析道法諸經詞彙研究現狀及其語料價值》〔註 100〕，論述了「道法諸經在詞語注釋、辭書編纂、古籍整理等方面都有著重要的研究價值和意義」〔註 101〕。楊靜的《太上業報因緣經》〔註 102〕，深入的研究了文字與詞彙，他的研究完全是圍繞著敦煌本《太上業報因緣經》而展開的，不僅涉及語料的整理，還對其內容流變進行梳理，並在此基礎上展開研究，內容側重於考釋敦煌本《太上業報因緣經》中文字和詞彙歷時和共時層面的變化。劉祖國的《早期道經詞彙在佛典初譯中的橋樑作用——以〈太平經〉為例》

〔註 98〕周作明，東晉南朝道教上清派經典行為詞新質研究〔D〕:〔博士學位論文〕，成都：四川大學，2007。

〔註 99〕葉貴良，敦煌道經詞彙考釋〔M〕，成都：巴蜀書社，2009：10。

〔註 100〕牛尚鵬，淺析道法諸經詞彙研究現狀及其語料價值〔J〕，中國城市經濟，2011（8）：3。

〔註 101〕丁靈敏，《登真隱訣》詞彙研究〔D〕:〔碩士學位論文〕，杭州：浙江財經大學，2017。

〔註 102〕楊靜，太上業報因緣經〔D〕:〔碩士學位論文〕，杭州：浙江財經學院，2012。

〔註 103〕，以《太平經》為例，通過對該書幾個詞語的分析研究，可以發現早期道經詞彙在佛典初譯過程中所起的橋樑作用。劉彩紅的《太上洞淵神咒經》〔註 104〕，深入的研究了文字與詞彙，他的研究完全是圍繞著敦煌本《神咒經》而展開的，除此以外，其內容還涉及《道藏》本，側重於考釋文字和詞彙的運用。唐武嘉的《敦煌道經佛源詞研究》——以《老子化胡經》為中心〔註 105〕，該文以《老子化胡經》為研究對象，採用共時和歷時的研究方法，廣泛引證佛道兩教文獻，對經中的詞彙進行分析和描寫。王金英的《〈十善業道經〉唐宋譯本梵語音譯詞彙比較》〔註 106〕，《十善業道經》有唐、宋兩個漢譯版本傳世，在語言風格和詞彙使用上有所區別。唐宋譯本在梵語音譯詞彙的使用方面，有相同的音譯詞彙，也有單獨出現在唐或宋其中一個譯本中的音譯詞彙。該論文通過對唐、宋兩個譯本中的梵語音譯詞彙進行比較分析，可以發現不同時代中梵語音譯詞彙的特點及梵語音譯詞彙形成過程的某些特點，從而推斷印證語言發展中的某些一般現象及一般規律。丁靈敏的《〈登真隱訣〉詞彙研究》，該論文結合對照道教類詞典，「將詞義進行了分類，按照一般詞語和道教類詞語，具體考釋詞義，通過具體考釋詞語探討和揭示了該專書中道教類詞彙的特點，同時對《漢語大詞典》進行了一定的訂正與補錄。」〔註 107〕

二、專題類詞彙研究的專題詞及構詞法研究很少

專題類詞彙研究具有很大的價值，大量重要的語言事實和規律就是在分類研究中被逐漸挖掘出來的，只有這種相對攻艱式漢語詞彙研究才能進一步提升斷代中的漢語詞彙研究整體水平。通過窮盡式搜尋閱讀，達到了解和掌握專題

〔註 103〕劉祖國，早期道經詞彙在佛典初譯中的橋樑作用——以《太平經》為例〔J〕，鄭州師範教育，2013：1。

〔註 104〕劉彩紅，太上洞淵神咒經〔D〕:〔碩士學位論文〕，浙江財經學院碩士論文，2012。

〔註 105〕唐武嘉，敦煌道經佛源詞研究——以《老子化胡經》為中心〔D〕:〔碩士學位論文〕，浙江財經大學，2013。12。

〔註 106〕王金英，〈十善業道經〉唐宋譯本梵語音譯詞彙比較〔J〕，文教資料，2015（11）。

〔註 107〕丁靈敏，《登真隱訣》詞彙研究〔D〕:〔碩士學位論文〕，杭州：浙江財經大學，2017。

（專類）、斷代及詞彙史研究的狀況及研究內容、方法。這類研究以某書或某一時期某一類別或某一專題詞語為研究專題，對專類詞彙進行系統整理，重點分析其源流與演變，歸納其構詞特點和發展規律。

（一）研究成果涉及的多是單音詞、動詞、複音詞等。以下是筆者收集到的文獻，按照專題類詞語、專題類語料兩個方面。

1. 專題類詞語研究

孫景濤的《〈三國志〉軍事詞研究》〔註 108〕和王啟濤《中古及近代法制文書語言研究——以敦煌文書為中心》〔註 109〕，兩書從對應詞彙所包容的詞語入手，從結構、相互關係和歷史演變等方面著手分析，在揭示其研究價值的同時，也進一步豐富詞彙史研究的內容。王作新的《中國古代文化語詞類談》〔註 110〕，從服裝穿戴、食品飲料、房屋建築、行路交通、起居交誼、人際稱謂、文字書籍、時間年歲、死喪葬埋、薦享祭祀等方面進行總結分析，指出文化詞語的演變一種是從形式到內容的全面繼承，一種是全面淘汰，一種是實存形變，一種是形同實異。王鍈的《宋元明市語彙釋》〔註 111〕，對實詞語義進行了系統的研究和理論探討，同時進行了詞語的釋義。譚宏姣的《古漢語植物命名研究》〔註 112〕，強調詞彙不僅指一般用詞，也包括專名。姚美玲的《唐代墓誌詞彙研究》〔註 113〕，強調墓誌詞彙的大量術語，大量口語和本土詞彙研究的價值，介紹了常用詞語的演變過程，揭示了發展規律。王淇的《上古漢語稱謂研究》〔註 114〕，介紹上古漢語稱謂的單音詞和複音詞，特別是造字和造詞理據值得借鑒。

2. 專題類語料中詞語研究

〔註 108〕孫景濤，〈三國志〉軍事詞研究〔M〕，北京：商務印書館，1993：5。

〔註 109〕王啟濤，中古及近代法制文書語言研究——以敦煌文書為中心〔M〕，成都：巴蜀書社，2003：3。

〔註 110〕王作新，中國古代文化語詞類談〔M〕，武漢：華中師範大學出版社，2007：5。

〔註 111〕王鍈，宋元明市語彙釋〔M〕，北京：中華書局，2008：3。

〔註 112〕譚宏姣，古漢語植物命名研究〔M〕，北京：中國社會科學出版社，2008：2。

〔註 113〕姚美玲，唐代墓誌詞彙研究〔M〕，上海：華東師範大學出版社，2008：3。

〔註 114〕王淇，上古漢語稱謂研究〔M〕，中華書局，2008：4。

張小豔的《敦煌社會經濟文獻詞語論考》〔註 115〕，強調研究經濟文獻詞語有助於構建完整的漢語詞彙史，有助於語文辭書的編撰和修訂，有助於文獻的整理和校勘，有助於瞭解當時的民風習俗。考釋的方法使用了排比歸納和認字釋詞。

劉祖國的《〈太平經〉詞彙研究》〔註 116〕，分析了《太平經》的語料性質，證明了《太平經》是研究中古漢語的一部可信的優質語料，並將道教詞語分為八個方面，從詞義內容角度劃分類型分析研究。該論文重點論述和分析了新詞新義、常用詞。

胡敕瑞的《〈論衡〉與東漢佛典詞語比較研究》〔註 117〕，書中認為詞語變化的機制有填補空格、類推創新、拉鍊推鏈等。詞義發展途徑有引申、相因生義、格式同化、感染、反流等。

魏德勝的《睡虎地秦墓竹簡詞彙研究》〔註 118〕，介紹新詞語主要是單音詞、複音詞。還重點介紹和研究了法律詞語。

程壁英的《〈朱子語類〉詞彙研究》〔註 119〕，介紹了俗語詞研究、新詞研究和特色詞研究，在研究方法上使用了靜態描寫與綜合歸納、共時分析與歷時考據、語義項與整體考察、語境觀照與文化聯繫四種方法。毛遠明的《〈左傳〉詞彙研究》〔註 120〕，分析了複音詞確定原則，標準、分布、形態。高光新的《〈顏氏家訓〉詞彙研究》〔註 121〕，主要介紹了單音詞和複音詞，重點研究了熟語詞（成語和諺語）。劉志生的《東漢碑刻辭匯研究》〔註 122〕，主要介紹東漢碑刻形容詞，從複音詞角度研究，並且與《漢語大詞典》進行比較分析，還特別介紹喪葬詞語。曹小方的《漢語歷史詞彙研究》〔註 123〕進行

〔註 115〕張小豔，敦煌社會經濟文獻詞語論考〔M〕，上海：上海人民出版社，2013：3。

〔註 116〕劉祖國，〈太平經〉詞彙研究〔D〕:〔博士學位論文〕，華東師範大學，2009。

〔註 117〕胡敕瑞，〈論衡〉與東漢佛典詞語比較研究〔M〕，成都：巴蜀書社，2010：5。

〔註 118〕魏德勝，睡虎地秦墓竹簡詞彙研究〔M〕，北京：華夏出版社，2011：3。

〔註 119〕程壁英，〈朱子語類〉詞彙研究〔M〕，成都：巴蜀書社，2011：5。

〔註 120〕毛遠明，〈左傳〉詞彙研究〔M〕，重慶：西南大學出版社，1999：4。

〔註 121〕高光新，〈顏氏家訓〉詞彙研究〔M〕，北京：中國社會科學出版社，2013：4。

〔註 122〕劉志生，東漢碑刻辭匯研究〔M〕，廣州：暨南大學出版社，2013：2。

〔註 123〕曹小方，漢語歷史詞彙研究〔M〕，合肥：安徽大學出版社，2014：3。

了漢簡詞彙、佛典詞彙、唐律詞彙雙音詞研究。宋聞兵的《〈宋書〉詞語研究》〔註 124〕，介紹新詞新義，強調了主要從典型語境和構詞詞素入手把握詞義，還特別介紹了評贊詞語研究。

（二）成果的不足之處

漢語史專書專類詞彙研究，成果顯著。但對詞彙考釋、文字校對用力甚勤，而專題詞語、通釋語彙方面的研究比較薄弱。對專題詞系統性及構詞法研究更少。構詞理據、詞義演變方式的研究不夠深入。尚需要對斷代詞彙進行窮盡性的考察和描寫，探討其歷時演變的脈絡。

需要對斷代詞彙進行窮盡性的考察和描寫，應當通過大量文獻資料的研究，把它們連成一條延續發展的線。側重構詞、詞義演變研究。

三、道教專書詞彙研究滯後於儒學、佛學專書詞彙的研究

道教詞彙包羅萬象，豐富多彩，對漢語的豐富和發展做出了很大的貢獻。中古道教詞彙研究是道教詞彙研究的重要組成部分，不應該被忽視。

漢語史中關於道教文獻研究的範圍較窄，道經詞彙研究成果偏少。從專書詞彙研究成果統計數據上看，儒學成果較多，道教成果較少。根據知網 2019 年 5 月 1 日的統計，搜索主題為「古漢語詞彙」，總共檢索出 351 條文獻記錄：其中佛學專書詞彙研究的文獻 11 篇，儒學專書詞彙研究的文獻 45 篇，而道教專書詞彙研究的文獻僅 6 篇。《宋元語言詞典》〔註 125〕中收有佛教詞語一百條左右，而道教詞語只有不到十條。比起佛教詞語，道教詞語研究則相對薄弱很多。道教專書詞彙研究滯後於儒學、佛教專書詞彙的研究。

道教文獻與傳統的儒家文獻或佛教文獻相比較，無論是教義還是語言度都有很大的差異。道教詞彙包羅萬象、豐富多彩，對漢語的豐富和發展做出了很大貢獻。然而令人遺憾的是，學界對道教語言的研究卻長期遠遠落後於儒學語言、佛教語言等其他語言的研究。中古道教詞彙研究是道教詞彙研究的重要組成部分，不應該被忽視。以下是目前學界關於中古道經詞彙的成果。葉貴良的《敦煌道經詞彙研究》〔註 126〕，該文語料是敦煌道經，主要側重於

〔註 124〕宋聞兵，〈宋書〉詞語研究〔M〕，北京：中華書局，2009：3。

〔註 125〕龍潛庵，宋元語言詞典〔M〕，上海辭書出版社，1985。

〔註 126〕葉貴良，敦煌道經詞彙研究〔D〕：〔博士學位論文〕，杭州：浙江大學，2004。

考釋歷時和共時層面的文字和詞彙。對敦煌道經詞彙的研究方法非常值得借鑒和參考。「《敦煌道經詞彙研究》對敦煌道經的詞彙的類型及來源進行了分類，考釋了個別俗字和疑難語詞，但在疑難語詞方面的成果不甚突出。葉貴良的《敦煌道經詞語考釋》是敦煌道經語詞考釋方面的第一部專著，建樹頗多，但仍存在著個別疑難語詞的不完善問題。」〔註 127〕馮利華的《中古道書語言研究》〔註 128〕說明了道教文獻研究存在巨大空白，研究的重要意義。中古時期正是雙音化發展的重要時期，道經語言正好反映和突出表現了該時期的特點，並且具有自己的語言發展特色，十分值得研究。「作者僅僅侷限於《真誥》和《周氏冥通記》二書的語料。」〔註 129〕周作明的《東晉南朝道教上清派經典詞彙新詞新義研究》〔註 130〕及《東晉南朝道教上清派經典行為詞新質研究》〔註 131〕「二書屬於描寫式的詞彙研究，在語詞的考釋方面未給與過多的重視且個別語詞的釋義有不妥之處。」〔註 132〕

四、斷代專書複音詞的研究展望

（一）進一步挖掘道教法術類諸道經詞彙造詞法、構詞法特點

在現階段，在進行漢語語言研究的過程當中，越來越多的專家學者開始意識到道教語言研究的重要性，並開始特別關注道教詞彙研究，相繼取得了很多研究成果，不僅涉及斷代詞彙，還涉及專用詞彙等等。相關的研究涉及農業、林業、醫學、政治等多個領域。

在漢語史領域，道教語言研究薄弱的現狀，必然會影響到道教法術詞彙的

〔註 127〕牛尚鵬，淺析道法諸經詞彙研究現狀及其語料價值〔J〕，中國城市經濟，2011（18）：1。

〔註 128〕馮利華，中古道書語言研究〔D〕：〔博士學位論文〕，杭州：浙江大學，2004。

〔註 129〕牛尚鵬，淺析道法諸經詞彙研究現狀及其語料價值〔J〕，中國城市經濟，2011（18）：1。

〔註 130〕周作明，東晉南朝道教上清派經典詞彙新詞新義研究〔D〕：〔碩士學位論文〕，成都：四川大學，2004。

〔註 131〕周作明，東晉南朝道教上清派經典行為詞新質研究〔D〕：〔博士學位論文〕，成都：四川大學，2007。

〔註 132〕牛尚鵬，淺析道法諸經詞彙研究現狀及其語料價值〔J〕，中國城市經濟，2011（18）：1。

研究。道教語言研究作為詞彙研究的分支，還涉及軍事、天文等方面相關詞語的研究，然而並沒有取得突出性的貢獻。道教語言研究部分專門研究涉及了齋醮科儀類詞語，但是卻少有人涉獵法術類詞語，對其歷史演變無人追溯。在民俗活動當中，對法術類詞彙進行研究是非常重要的一個環節，但是仍然遠遠遜於對道教史和道教經典的研究力度，與歷史事實當中異常豐富的道教法術內容不能夠進行匹配。特別是道教詞彙的造詞、構詞研究值得進一步深入挖掘，通過挖掘造詞、構詞規律勾連發現漢語詞彙發展獨特魅力。

（二）進一步研究梳理道教法術類諸道經語料

在漢語語言研究領域，道教詞彙研究是最薄弱的，在《道藏》研究當中，道教法術詞彙的研究幾乎沒有。

就現階段的發展狀況而言，學界對相關工作有所忽視。這是受到很多因素影響而造成的局面，「雜而多端」的道教格局是最主要的因素，這種情況導致了道教的語言詞彙來源非常多，涉及的範圍也比較廣泛，擁有非常複雜的詞彙成分。通過詞彙的表象，很難釐清其中所蘊含的關係，這也是歷時這麼多年來，相關的研究成果非常少的原因。

社會層面和宗教心理都可以通過法術類詞彙得到充分的反映，同時也為人們提供了對宗教歷史進行研究的有效途徑，在道教產生之前，就已經產生了以原始先民巫覡之術為基礎的法術，道教也正是由於具有這一特徵，才能夠位列本土傳統宗教當中，擅長與神靈進行交流是巫師、道士的主要特點。全方位的社會信息，都能夠在道教法術類詞彙當中得以體現，對於漢語詞彙史的發展具有非常重要的意義。

道教法術類諸道經語料是非常豐富的有待開採的語言語料寶藏，非常值得學者們深入挖掘。

第二章　中古法術類道經複音詞考察與分析

在按既定標準判定複音詞的前提下，逐一對《太上正一咒鬼經》《上清金真玉光八景飛經》《元始五老赤書玉篇真文天書經》《洞真太上太宵琅書》《無上三元鎮宅靈籙》《洞神八帝元變經》《洞真太上太素玉籙》《上清太一金闕玉璽金真記》等八部道經複音詞進行考察與統計，為後面的相關研究做好準備工作。詞條後的數字標誌為該詞出現頻次；各部分的組成排列順序原則為：一、詞條首見時代順序：東晉—南朝宋—南朝梁—南北朝—唐前；二、詞性排列順序：名詞、動詞、形容詞、副詞；三、構詞方式順序：聯合式、偏正式、動賓式、動補式、附加式、主謂式、重疊式；四、音節數順序：雙音節、三音節、四音節、五音節、六音節、七音節、八音節。

第一節　中古法術類道經複音詞考察

一、《太上正一咒鬼經》複音詞

《太上正一咒鬼經》共出現複音詞 585 個。

1. 單純詞（3 個）

魍魎、鳳凰、騏驎

2. 雙音節詞 580 個

（1）名詞（307 個）

聯合式（89 個）

魁罡（4）、衣服、晝夜、刀劍、律令（12）、金銀、咽喉、鐣鐮、邪逆、神祀、根元、天地（2）、頭面、星辰、草木、豪強、印章、賢良、風雨、闇闔、妖魅（4）、邪偽、盜賊、官將、瘟疫、年命、災厄、宅舍（2）、奴婢、仕宦、男女（4）、子孫、婦女（2）、兵刃、家宅、舍屋、井灶、咎殃、夢寤、口舌、音聲、狐狸、文書、君將、吏兵、人民、豺狼、榮祿、君臣、父子、兄弟、母女、婦姑、骨肉、車馬、衣裘、富貴、老少、形象、名諱、社灶、精祟、父母、炎火、姓名、額頸、大小、夢寐、魔魅、官獄、水火、諱字、鬼神（5）、熒惑、宮舍、道路、神鬼、羌胡、蠻夷、精神、妻子、凶殃、蟲蛇、正一（2）、絳紫

偏正式（211 個）

太上（9）、天師（18）、大君、尊神、左監、真人（2）、蛟龍、猛虎、朱雀（2）、玄武（3）、五彩、華蓋（4）、素男、玉女（5）、元炁、玄炁、玄黃、生門、地祇、北辰、童男、童女、天鹿、螣蛇、猛獸、百鬼（2）、眾精（3）、百邪（3）、天神、神咒（12）、太和（4）、玄老、青雲、紫輦、車輪、水精、九龍、諸天（2）、毛裘、百宮、大神（2）、龍王、鬼帥、雲間、獄君、銅柳、鐵鎖（4）、眾邪、真神、奸神、天下、異民、妖言、妄語、道炁（2）、道神、正真（2）、善人、蟒蛇、家親（2）、丈人（2）、萬殃、人間、鬼王、銅牙、鐵齒、鋒鋩、鑊湯 2、天光、河梁、銀鐺、咒章、千里、老君（3）、鬼語、六甲（2）、六丁（4）、黃神、越章、神師、邪神、遊光、門丞、灶君、青龍（2）、白虎（2）、仙人、功曹、三臺、五星、左手、右手、姦邪、御史、天曹（2）、素車（2）、白馬（2）、兵士（8）、三丘、五墓、都曹（2）、正君、下官（2）、故炁（3）、神君（2）、北城（2）、刺史（2）、五方、邪道、道法、白日、田蠶、訟詞、正炁、太玄（2）、中庭、千鬼、萬神、土精、土毒、園墟、

五殘、六賊、先代、五虛、六耗、野道（27）、縣官、中宗、外親、百怪、梟烏、血光、金光、火光、水光、木光、衣光、發光、金鐵、天蜂、青蠅、野獸、六畜、五毒、玄都、鬼律、大道、嗣師、係師、今世、天災、九州、白骨、孌妾、奸師、泉水、齋餅、主人、咸池、六乙、六丙、六戊、六己、六庚、六辛、六壬、六癸、東方、南方、西方、北方、中央、黃帝、北海、黃金、虛空、百姓（2）、弟子（3）、諸國、中國、姓字、山鬼（2）、林鬼、草鬼、木鬼、冢鬼、墓鬼、家鬼、他鬼、中鬼、外鬼、五色、長鬼、短鬼、大地、小鬼、五瘟、元君、軍營、土鬼、山頭、力士

動賓式（6 個）

司馬、從事（2）、無上（2）、詔命、司命、將軍

（2）動詞（262 個）

聯合式（58 個）

出入、收付、惶怖、邪偽、邪逆、縱橫、摧藏、謁見、收捕（2）、佩帶、誅伐、捉縛、罪過、驅逐、束縛（2）、徘徊、捉把、浮遊、經過、勑（同「敕」）誥、行使、耗亂、救療、欲求（11）、安穩、販賣、屯住、監察、破壞、移轉、動促、補治、填補、立成、顛倒、消滅（2）、開閉、微薄、凶逆、規圖、共相、無有、淫泆（古同「逸」）、歡悅、祭杞、討伐、呼喚、嗔恚、破碎、思想、癃殘、騎乘、忌誕、遮藏、志願、奉持、修行、飲食

偏正式（83 個）

飛行（3）、啖食、震動（2）、驂駕、披陳、出召、妄害、斬烹、募求、斬殺、敢當（2）、毒殺、謁請（7）、破殺（3）、考召、病苦（2）、別請、血食、修營、咒殺、注詛、客死、注死、前死、後死、妄鳴、異辭、弛務、抄賣、責領、厭固、欲令、殃考、惟願、朝食、暮啖、營衛、朝起、夜行、步行、遊逸、疘死、淫死、老死、獄死、木死、火死、水死、血死、斬死、絞死、車駕、廣司、周旋、下統、上應、寶持、敕辦、久藏、常事、上奏、急出、悉出、急咒、急去、上呼、左契、左扶、高遷、重啟、相習、相凌、相伐、相言、相殺、相罵、相怕、相圖、相食、外向、兵死、星死、伏惟、刑殺

動賓式（78 個）

祭酒（2）、咒鬼、同光、辟邪（3）、為輿、為廂、行廚、捕血、銜命、捉頭、窮奇、變身、顛風、泄地、收光、崩山、裂石、當殃、登天、上章、露屍、運炁、守宅、治身、過渡、昇天、如意、得利、成行、保宜、安胎、造宮、立宅、架屋、立柱、穿井、掘窖、塞孔、破邪、留殃、寄鬼、應時、稽首、作惡、行慈、生道、好色、輕孤、易貧、任情、恣意、憎他、愛己、迴心、附影、破門、滅戶、列表、歸命、誅邪、滅偽、煞鬼、生民、殺身、解厄、傷人、行病（2）、放毒、剔人、行疫、行炁、驚人（2）、動雷、發電、錄人、召人、失度、耗病

動補式（8 個）

訾毀、送到、奏得、延長、敕下（2）、殃及、摧滅

主謂式（34 個）

足履、自有、光照、理訴（2）、自為（2）、手持、車載、頭戴、足攝、自銷、自折、自渴、自滅（2）、自崩、自裂、自縛、自殺、自斷、自決、自散、甑叫、釜鳴、心懷、自邢、自死、血出、毒出、身長、頭長、頭痛、目眩、蟲撩、命長、妖惑（2）

（3）形容詞（4 個）

聯合式（4 個）

凶逆、高大、廣長、焦枯

（4）副詞（7 個）

偏正式（2 個）

慘黃、及時

重疊式（5 個）

急急（10）、混混、沌沌、晃晃、昱昱

3. 三音節詞（4 個）

名詞偏正式（4 個）

鬼方咒、三將軍、太山府、廣司君

二、《上清金真玉光八景飛經》複音詞

《上清金真玉光八景飛經》共出現複音詞 845 個

1. 雙音節詞（785 個）

（1）名詞（566 個）

聯合式（24 個）

元始（2）、日月（2）、璇璣、命斗、軌度、方諸、師宗、案文、帝皇（10）、堂宇、法度、朝夕、左右、水火、神仙（11）、中央（4）、鳳凰（2）、光明（5）、高上、幽冥、內外（6）、熒惑、辰星、陽朔（2）

偏正式（522 個）

金真（12）、玉光（6）、天王、八景（16）、飛經（8）、太真、上經、青真（2）、七元（8）、隱書（2）、玉訣、金章、九玄（6）、上篇、四時、萬真（3）、群仙（2）、玄符、紫晨、九天（16）、金輝（2）、紫殿（2）、玉寶（2）、瓊房（2）、靈文、丹書、太空（9）、五晨、金華（4）、玉晨（4）、五華、玉文、玉妃（3）、靈風（2）、巨龍、毒獸、玉闕、瓊風、神鸞、眾真（2）、萬聖、玉陛、霄庭、太帝、玉皇（3）、神州、七轉、三五（3）、五行（2）、天魔（16）、寂室（2）、妙章、萬帝（2）、群下、靈都（2）、玉仙（2）、上紫、瓊宮（2）、七映、朱房、五帝（4）、四方、司官、神兵（2）、上元（2）、上仙、太和（3）、玉女、五方（4）、太極（10）、真人（37）、三晨、八風、玄鼓、九炁（2）、太冥、千劫、玄臺、左仙、使者、九色（18）、瓊文、帝章、四明（2）、至上、玉清（2）、金仙、玉帝（5）、雲輪、飛虬、霄際（2）、億仙、瓊輪、碧輦（3）、雲歌、玄太、太霞、天涯、玉虛、峻層、九曲、金闕（2）、上宮（7）、青宮（2）、大劫（2）、三道、二炁、上賢、大洞、真經（2）、精雌、幽關、八道（13）、三元（2）、素靈（2）、金神、虎文、七星、天關（2）、玄名、帝圖、青錄、上清（7）、瓊胎、妙訣、曲宇、七祖（3）、幽宮、五苦、刀山、八難、火鄉、宿根、三清（4）、雷劫、天景、玄光、空玄（2）、太虛（3）、元年、東維、天甲、吉辰、清

齋、七寶（2）、瓊臺、金青、靈篇、玄章、瓊室、玉經、帝信（2）、威章（2）、左輔（2）、仙都（2）、玉郎（2）、靈官（4）、寶文（3）、萬劫（2）、玉幾、金床、太妃、玄雲（5）、紫蓋（2）、真仙（2）、上聖、寶訣（2）、法告、世間、三天、玉童（2）、東海、上真（7）、寶卷、石室、世榮、兆身（30）、白日（5）、別室、神真（5）、玉光（3）、紫炁（2）、齋堂、風刀、上道、靈章、上法（12）、玉篇、道真、三官（2）、眾經、部數、萬遍（2）、太一（3）、太玄（3）、四司、五嶽（6）、九河、上帝、真皇（2）、萬靈（3）、真靈（2）、天皇、太帝、元景（10）、東北（4）、微言、清微（2）、上府（7）、始陽、玄黃（2）、七色、玉冠（5）、五色（7）、威神、飛龜、青龍、仙童（7）、泥丸、大神、玄道、上節、萬炁、九微、元吉、帝靈、帝庭、八炁（3）、三素、八輿（2）、飛輪（2）、帝景、春分、夜半、神駕（4）、帝簡、東方、青陽、玄微、紫青、太陽（2）、青雲、蒼龍、明堂、始景（2）、瓊軒、太清（8）、立夏、清旦（7）、東南（3）、玉名（4）、少陽、太微（2）、玄景（8）、無極（3）、道君（5）、丹錦、綠輿（3）、雲車、洞房、上靈、飛雲、夏至、神光（3）、東華（2）、絳錦、丹綬、赤雲、丹臺、中元、丹田（2）、虛景（2）、秘言（5）、西南（2）、太素、玉天、少陰、靈微、素綬、翛條（2）、玉輦（6）、五彩、朱蓋、紫雲（2）、雲龍、黃素（2）、玄靈（2）、黃母、兆形、神輦、紫清（2）、三炁、七炁（2）、秋分、南極、兆房（2）、玉簡、九靈、飛景（2）、正西、太陰、兌宮、二儀、白文、寶天、玉章（3）、絳琳（2）、白雲、白虎、明景（3）、道宗、紫霄、八煙、我身、霄晨、皇祖（2）、洞景（5）、西北、陰暉、中宮、飛晨（2）、八光（2）、丹輦（2）、玄武、太仙、帝尊、陰神、紫輦、五炁（3）、太霄（3）、太皇、清景（4）、正北、三色、我房、北方、陰精、玄和（2）、玄晨、寶冠、獅子、錦雲、珠玉、玄鳳、黑翮、玄谷、素真、同靈、九元、朱嬰、八節、死錄、上皇、諸天、十方（2）、眾聖、靈仙、雲輿、飛輦、仙名、玉籍、紫宮、兆門、香爐、洞元、群魔、萬精（12）、神庭、歌章、囂氣、穢道、朱宮、上景、飛轡、雲營、華香、玉宇、煙氣、玉京、綠軿（2）、天兵、仙道、青木、東面（3）、百日（22）、北面（4）、諸仙、青繒、秘信（2）、赤木（3）、自然、赤霞、天仙（4）、仙人（3）、西方、絳繒（2）、白帝（2）、白木（2）、西面（2）、神人（4）、白霞、白繒、黑帝（2）、黑木（2）、黑霞、南面（4）、黑繒、黃帝（2）、黃木（4）、黃繒、正法、萬道、道流、玉法、上符、日精、雌黃（3）、書生、白紙（3）、月建、二元、月精、北帝（8）、天元、萬妖、歲星、精符（4）、東嶽、仙官（11）、青紙、青帝、四元、白素、西嶽、黃書、真書（2）、五元、星精、南嶽、赤紙、神芝、赤帝（2）、北嶽、黑紙、青碧、中嶽、黃紙、太歲（2）、五老、白山、飛仙（2）、萬里（2）、九年、玄輿、左齒、五星、精光、五靈、兆酆、鬼名、天帝、命章、火鈴、六府、空洞、金骨、紫字、萬魔、群凶、飛軿、父母、金龍、玉魚、紫紋、百尺、上金、鬼官、七玄、四極、科文、地獄、萬始、先生、戎山、清真、小童、上午、子時、侍郎、耀精、無間

動賓式（13 個）

監靈、侍仙（2）、司空、司錄（2）、耀天、找靈、平天、立秋、談天、進賢、立冬、無形、鎮星

主謂式（2 個）

冬至、玉秀

附加式（1 個）

自然（2）

重疊式（4 個）

六六、玄玄、上上、生生

（2）動詞（214 個）

聯合式（44 個）

侍衛（3）、攜契、輔衛、合併、剪除、搜採、修行（7）、超騰、施行（2）、俯仰（3）、施用（2）、下降（11）、禮拜、躬禮、崇奉、分別、糾察、漏泄、誦詠（2）、精研、沐浴、齋戒、上升（9）、翱翔、輪轉、出入（2）、遊行、無有、收攝（2）、翦滅（2）、拔度、

消滅、朝禮、死滅、洩露（2）、交并、施布、剪戮（2）、齊平、瀉揚、遊戲、飛昇

偏正式（54 個）

豁落（9）、總統、匡御、飛行（2）、高逝、靈飛、後學、大有、洞明（2）、俠照、備守、妙唱、朗徹、洞睹（4）、洞曜（2）、徹照、典衛（2）、輕泄、精修、上應、妄動、相成、齋誦、普告、奉迎、營衛、仰思（4）、驂駕（6）、混生、上化、回降、徹視（2）、仰咽（5）、上詣（4）、迅駕、上治、下治、回停、上晏、遊宴、上奏、精思（8）、駭聽、下迎（4）、傳付、相推、上造、立降、奉修、交言、洞映、上攝、檢錄（2）、衛迎

動賓式（101 個）

招靈（19）、致真（8）、攝魔（21）、流光、典香、揚煙、扶翼、蔭玄、宴禮、朝軒、屈節、改度、推運、回神、齊景、舞天、招魂（2）、威靈、登空、建炁、齊真、煥霄、停暉、回旌、映靈、流電、激精、御神（4）、縱跡、詣庭、執香、散煙、登陟（2）、衛房、致精、修道（2）、登晨、燒香（2）、賞功、罰過、違科、犯禁、入山、登齋、犯身、積勞、成仙、定生、司命、改年、稽首、制神、使靈、行道（6）、受仙（4）、行禮、叩齒（6）、招真（4）、制魔（5）、通神、承氣、造景、保命、輔真（2）、行事、誦經（5）、降形（3）、操兵（3）、滅景（2）、書符、喪形（3）、詣房（5）、減景、收魔、束精、記名（3）、變景、煉骨、喪身、流金（2）、流精（2）、飛仙（2）、束形（4）、求仙（3）、通靈（3）、致神、度世、伏靈（2）、流火、伏首、喪精、泄語、保秘、執節、輕道、賤真、受書、翼靈、結絡、束身

動補式（6 個）

騁蓋、衍連（2）、鎮固、招致（2）、肅清、保固

主謂式（9 個）

師授、輝煥、頭冠、足躡（5）、手執（5）、心念、頭戴（2）、道成、雲蓋

（3）形容詞（5 個）

聯合式（5 個）

精微、明科、高妙、蓊靄、煥赫（2）

2. 三音節詞（13 個）

名詞偏正式（13 個）

王屋山、紫微宮、扶桑公、太微宮、閬風臺、天帝君、玉皇庭、太白星、師弟子、陽絡山（2）、太華山（2）、鳥鼠山、左司君

3. 四音節詞（30 個）

名詞偏正式（30 個）

九天丈人（6）、太空靈都、五老上真（2）、三十九帝（2）、上皇先生（3）、萬始道君（2）、高聖大神、扶桑大帝、暘谷神王、南極上元（2）、西龜王母（2）、左仙侍郎、原始天王、太真夫人、紫清帝君、萬始道君、黃石先生、紫微夫人、西城王君、上相帝君、三素元君（2）、高上玉皇、太極上人、三元真人（2）、太極上真、太帝君上、九靈夫人、南嶽夫人、南嶽松子、桐柏真人

4. 五音節詞（7 個）

名詞偏正式（7 個）

紫素三元君（2）、太素三元君（2）、上相青童君（2）、太微天帝君（2）、扶桑大帝君、上皇赤帝君、太上大道君（5）

5. 六音節詞（3 個）

名詞偏正式（3 個）

玉天玄皇高真、南極上真赤帝、明景太和道君

6. 七音節詞（4 個）

名詞偏正式（4 個）

太真太上大道君、始景老子大道君、太陽上府紫微宮、太素上真白帝君

7. 八音節詞（3 個）

名詞偏正式（3 個）

後聖九玄金闕帝君（2）、虛景太尉元先道君、高上玉帝元皇道君

三、《元始五老赤書玉篇真文天書經》複音詞

《元始五老赤書玉篇真文天書經》共出現複音詞 1803 個。

1. 單純詞（4 個）

麒麟、須臾、滂沱、徘徊

2. 雙音節詞 1636 個

（1）名詞（991 個）

聯合式（115 個）

中央（16）、空洞（3）、天地（31）、日月（7）、光芒、鬼神（3）、神明（6）、祖宗、宮商、璇璣（4）、星宿（6）、晝夜（2）、光明（8）、符圖、經文、靈瑞（2）、神真、江海（6）、帝王、淵澤、禾稼（6）、冬夏、災疫、男女、盲聾、跛痾、婦女、金玉（12）、道路、神奇、虎豹（3）、左右、陰陽（6）、鬼魔（7）、災橫、神仙（22）、鬼精（2）、元一、圖籙、家國（2）、候王、山嶽、塵埃、樞紐、官將（5）、神靈（6）、嬰孩、榮辱、辰星、齒牙、童稚、陽明、火水、次第、凶勃（6）、禍殃、橫患、鳳凰、子孫、福祿、賢明、紋彩、凶厄、關機、山河、人神、刀劍、兵火、人獸（3）、人民（14）、江河、鳥獸（8）、山川、金石（3）、睡眠、帝君（6）、山海（5）、海川、淇津、功德、帝皇、功過（10）、人鬼（2）、善惡、科律（4）、薄錄（3）、年命、年月、願念、科禁、薄目、河海、神鬼、上下、智慧、道德、父母（3）、神祇（2）、雜俗、兆民（9）、名目、方諸、門戶、毫分、影響、經戒、希望、邪奸、敬奉、吉天、出入、元始（53）

偏正式（845 個）

赤書（23）、玉篇（23）、真文（19）、天書（4）、經卷（2）、東方（12）、安寶（5）、華林（5）、青靈（6）、始老（6）、洞玄（6）、玄章、南方（11）、梵寶（3）、昌陽（5）、丹靈（3）、百寶、靈衿、玉寶（4）、元靈（7）、寶劫（2）、洞清（2）、靈書（4）、西方（17）、七寶（48）、舍門、皓靈（5）、金真（2）、洞微（2）、朔單（6）、元神（2）、靈都（5）、紫微（3）、玄臺（2）、五帝（21）、神官（3）、玄科（4）、靈寶（71）、靈文（9）、上清（4）、始青、文

勢、洞陽（3）、正文、靈圖（2）、二儀（3）、太陽（3）、三元（9）、玄象（2）、三景（3）、萬帝（2）、上宮（12）、靈章（2）、玄瑞、靈奧（2）、三天（10）、寶文、神風（2）、皇道（2）、太真（2）、玉妃、玉女（17）、太華、玉童、玉陛、天寶（3）、三光（4）、五嶽（19）、天子（2）、國祚（4）、妙德、玄根（4）、威靈（2）、太空（4）、原始、萬物（6）、萬氣（2）、二象、諸天（19）、上聖（4）、大神（5）、數眾、玉庭、妓樂、玄宮、靈風、洞章（2）、七者、四運、紫雲、四氣（3）、諸地（3）、奇林、玄圖、天氣（3）、晨雞、四景、天玄、白虎（3）、五靈（9）、青龍（2）、水帝（5）、瓊龍、群烏、天瑞、蛟龍（5）、河水、魚鱗、甘露、芝英、枯木、林木、天人（4）、天年、毒螫（6）、獅子（3）、猛獸、老年、少年、華容、偉貌、六畜、地藏（2）、枯骨、蓮華、正法、天仙、靈館、劫運（3）、三關、五氣（3）、天元（3）、十方（4）、至真（15）、瓊輪、琅輿、碧輦、九色、玄龍（2）、十絕、羽蓋、三素、流雲、大聖（3）、碧霞、玉輿、慶霄、三晨、華精、神霞、太無（2）、桑林、千真、白鵠、龍鱗、靈妃、金童、五道、三界（3）、雲路（2）、十天、太玄（8）、玉都、寒靈、丹殿、羽服、金闕（6）、天尊、眾真（2）、金臺、九光（4）、華房、靈童、飛龍、毒獸、奔蛇、神虎、玉音（2）、天鈞、衿蓋、雲庭（2）、革運（2）、大宗、靈蘊、大劫（40）、九靈（3）、五英、太虛（2）、長津、三會、上玄、冥華、八圓、玄師、群生、私心、實欲、雲蔭、八遐、蘭林、寒冬、華陽、朽骸、玉文（2）、河源（2）、天度（2）、九玄（2）、陳辭、天機、六天（4）、雜法、三龍、庚子、雜氣、真道（2）、上館（3）、下世、天音、金格、神王、天真（14）、天顏、靈關、八色、雲錦、上經、真人（15）、九天（28）、青天（8）、元臺、玉闕、丹臺、東海、東山、策文（6）、九炁（10）、少陽（3）、午運、樊寶、篆文（4）、陽炁（5）、丹筆、黃天（6）、玉簡、宿名、仙炁（2）、星官（3）、度數、北帝（3）、四泉、水神（2）、四壁、黃神、大咒、黃帝（13）、白帝（18）、少陰、七炁（8）、素天（5）、小劫（7）、大運（2）、黃繒（6）、陰炁（4）、天災（2）、黃筆、素靈、北軒（2）、玄窗、鬼炁、西海、萬精（2）、雲龍、水災（2）、三圖（2）、金門（4）、皇老（5）、西山、神咒（3）、八威（7）、黑帝（17）、太陰（2）、五炁（8）、玄天（8）、大水（2）、黑書（3）、白繒（2）、七寸、元陰、鴻毛、洪波（2）、天際、白筆、北方（23）、玄元（5）、北元（2）、玄斗、中書、天魔、萬鬼、北海、洞陰、寶明（5）、北山、青帝（12）、洪流（4）、青書（2）、黑繒（6）、朱筆、玄機、萬真、地祇（3）、萬品、上帝（5）、天根、真名、帝圖、凶寇、邊域、普天（2）、官號（2）、蒼帝、青精（2）、玉冠（6）、青羽、蒼龍（2）、鶉旗、青牙（2）、歲星、泰山（2）、春草、青腰（3）、真王（2）、九山、神龍、九泉、元精（3）、太極、句芒、靈虛、寂臺、五臟（2）、唇鋒、萬劫、童蒙、九遐、玄洞、靈官（2）、仙寶、赤帝（19）、赤精（3）、丹羽、丹龍、朱旗、丙丁、朱丹（2）、三炁（7）、熒惑、霍山（3）、玄玉、瑛淵、赤泉、丹池、朱宮、太丹（2）、三山、元炁、三角、泰清、天精、南夏、丹唇、秋霜、光華、雲端、元首（2）、秒門、黃精（2）、五色（2）、黃龍（3）、黃旗（2）、元洞、太帝（2）、黃氣、地門、朗月、幽域、玄膺、九窗、醴泉、玉漿、子丹、天中（2）、黃庭（2）、天倉、地軸、道功、魔精、上等、虞淵、朝霞、光顏、八域、群萃、真仙、靈運、元祚、上金（2）、白精（3）、白羽、白龍（3）、素旗、庚辛、明石（2）、太白、明月、景雲、幽夜、明珠、芝草（8）、靈真（2）、素醴、靈澤、上真（2）、瓊腴、玉泉、長河、太上（14）、素女、元氣、大夫、雲輦、洪精、士天、眾生、靈衢、雲露、皓芝、靈液、龍鬚、天池、甘津、素髮、枯燈、景漢、清虛、雲岫、精和、太初、玄精（2）、玄羽、黑龍、常山、炎林、玉飴、龍鼎、雲炁、天湖、夜光、雲林、翠羅、雲虬、鹿輦、天河、眾和、群命、六府、神津、冥夜、東陵、雲池、鯀欻、靈仙、真符（7）、天光、直符（4）、靈氣（4）、寶華（9）、始天、光文、東嶽（8）、洞室（3）、絳文、內神（4）、神衣、考吏（3）、昌中、丹精、南嶽（8）、南霍（2）、本命（3）、朱書（3）、心府、杖次（3）、下節（3）、四方（3）、天文（10）、正吏、西嶽（6）、金穴、白書（2）、日直、符吏（2）、肺府、七重、太素（3）、明文、北嶽（7）、玄陰、青繒（5）、黑精、上精、五星（2）、中精、人身（4）、下精、五文（3）、舊文、神杖（2）、身形、靈山、五符、隱學、仙官（13）、百日（7）、尊神（18）、惡獸（5）、仁人（6）、國（6）、東鄉、青石、善瑞（4）、朱陵、白鸞、萬災（7）、中嶽（5）、黃素、四季、中國（2）、黃石、五宮、害心（3）、西鄉、白石、靈獸、飛軒、金雀、黑石、官宅、上法、上學、大福、紋龍、山精（2）、赤天（3）、運表、靈象、五行（2）、玄府、元根、靈策、神祝、五獄、南丹、洞靈（4）、樟林、丈人（4）、日宮、後劫、舊格（4）、丹書、白素（2）、日精、龍書、男身、月精、人形、九陰、玉真、青明、上光、玉闕、洪災（7）、聖君（3）、石碩（2）、神符、玄光、玉京（2）、千害、萬癘（2）、北單、廣靈、九運、九元、青炁（4）、黃炁（5）、陽數（3）、小陽（2）、百官（2）、巳午（2）、疫炁（2）、五穀（4）、天炁（26）、金宮（2）、申酉、神人（4）、太山、丹天（7）、赤炁（4）、白炁（3）、百六（3）、土宮（2）、四炁、兵災（3）、水宮（2）、亥子（2）、火精（2）、萬里（2）、大鳥、東南（2）、朱鳳、運關（4）、黑炁（5）、土霧、障炁、陽九（5）、木宮（2）、九土、萬疫、神人、符命（25）、橫屍、血川、白氣、火宮（2）、恒山、寅卯、洪水（3）、海底（2）、神人、衡山、五方（4）、中關、地機、九河、天分、陰數、八災、玉山（6）、八方（2）、大齋、伎樂、萬種、五龍、福堂（2）、中元（8）、種人（3）、大災（4）、上元（9）、下元（20）、萬民（2）、大陽（3）、金剳（5）、中兵、山岡、丘隴、地炁、赤繒、五黑、玉符、玄都（22）、金名（2）、白日、上官（2）、元陽（2）、天帝（3）、太乙（3）、三官（10）、四瀆（3）、天下（15）、天上（7）、地上（8）、七祖、西北（2）、元極、大道（10）、真皇、北斗（2）、四部、萬神、北天、神皇（2）、陰元、算籍、八極（3）、司隸、罪名、仙錄、天神、東北（2）、鬼府、太清（4）、皇上、官君、陛下、人名（2）、青宮（2）、東華、丹臺（3）、南極、萬福、天一、生錄、萬願、生籍、鬼官、西南、九府（2）、北酆、罪刑、北辰、善功（2）、罪錄（2）、鬼役、三塗、五苦、西天、西華、金堂、玉仙、真丹、後聖、玉衡（2）、天闕（2）、太一（2）、仙薄（2）、地官（7）、玄黃、洞淵、萬仙、四司、高皇、地靈、罪簡（2）、九部、水府、鬼事、罪民（4）、四面、諸君（2）、至尊（2）、道氣（2）、正一、萬生（2）、三氣（3）、真君、萬道、萬德、日君、月后、皇妃、眾仙（2）、天官、眾神、天民、三尸（2）、魂神、罪狀、地司、善功（2）、左契、種民（7）、春分、崑崙、瑤臺、真經（3）、仙人、諸真、黃房（3）、靈庭（2）、神圖（2）、靈藥（2）、真神、玉曆（2）、玉札、秋分、靈闕、太微（2）、八海、立冬、陽臺、冬至、青童、上相、眾仙、名錄、八節、八會、大慶、威神、四海、名山、兆庶、靈尊、妙貴、法教、虛元、五曜、功言、法化、悔謝、善念、生氣、恩澤、妙行（3）、愛敬、來生、先亡、天慶、清齋、天號、地號、學人、老人、女人、學士、五老（12）、學者（12）、死者、使者（2）、道士（15）、真老（4）、元老（4）、玄老（7）、氏老

動賓式（21 個）

流霞、飛衣（5）、降雲、鎮星、飛景、頹日、流英、崩山、墜虎、飈風、流星、流炁、開陽（2）、至學、刺姦（2）、通陽、學道、立夏、立秋（2）、監天、立春

附加式（8 個）

自然（15）、舌頭、弟子（2）、先生、女子、老君、老子、老天

重疊式（2 個）

世世（2）、生生

（2）動詞（608 個）

聯合式（91 個）

沾濡、虛無、敷演（2）、蔭潤、施泄、安寧（3）、開明（5）、痛惱、降伏、侍衛（11）、役使（6）、出入（2）、遊行、昌熾、明鮮、交通、解脫、興隆（4）、供養、記識、駕乘、喘息、覆護、收攝、驅馳、飲食、臥息、侍護、消滅、提攜、合同、朝禮（7）、簡素、置立、奉行、論解、曲逮、齋戒、曲折、開張（5）、照耀、安立、表見、資生、表明、踊躍、交會（2）、冰霜、繁茂（2）、調和、悅慶、含孕、生育、懷妊、發洩、歌唱（2）、教導、輔翼、驅策、役

御、恢廓（2）、煥爛、拔領、蒙受、選擇、指拈、閉閡、俯仰（3）、禁戒、廓開、推移、昭示、隱秘、考罰、豁朗、往來、誅罰、惛朽、休滅、逍遙、典衛、曲正、漏泄、通直、修行、消滅、流遷、遐想、檢錄、眄眥、分判（3）

偏正式（159 個）

冥寂、司迎（3）、享慶、潤流、飛行、蠢動、奉迎、訶役、直衛、浮遊、見世、齋直、安鎮（3）、要用、旋行（3）、典賞、運推（2）、讚誦、激朗、流灑、空生（3）、彌覆、飛鳴、翔舞、飛掀、幽隱、更生（3）、洞開、運導、長存（6）、請受、仰號、俯鳴、嘯歌、仰希、高抗、嘯朗、啟問、總御（2）、遜謝、愍論、化生（6）、更始、黃書、總歸、正明、中檢、下策、運役、妙應、高澄（2）、窺聞、勤行、精心、躬奉、坐招（2）、輕泄、遷賞、朗嘯、玄滋（2）、鬱勃、正守、赤書、洞達、廣度、普受（3）、清開、廣置、永離、玄監、上生、長新、上隆、上補、上升（2）、普消（2）、上應、中應、下副、上合、上會、上贊（2）、中合、下慶、下教、上延、下流、精進、苦行、上詠、上慶（2）、下贊、普加、大化、上啟、下發、廣覆、下凝、厚載、相和、長齋（2）、欲使、瑩發、上有（2）、上導（3）、下引、下和（2）、永存、下有（2）、下拯、永安、高登、始見、相付、始學、朱書、精思、下降、同生、秘掌、空上、空下、上有、永居、永固、常駕（3）、啟騰、甘和、上出、下治、下生、虹步、凌盻、大有、中為（4）、下為（4）、初降、始萌、始生（5）、上號（4）、長生（7）、累經、不滅、下教、未聞、撫念、普教、上詣、伏聞、已生、未生、并起、主攝（7）、高翔、匡御、交遊、精行、以獻

動賓式（266 個）

不受、司考、流火、無礙、開容、垂蔭（2）、記名、削死、無窮（5）、得見、適意、所欲、不暑、不冰、不死、不生、在天、在地、致真、昇天（5）、得靈、受仙、修齋（2）、整心、修敬、盡節、使鬼、役神、從心、所詣、當有、所畏、所仰、所宗、所惠、所見、衛身、所在、斬邪、破敵、不教、為友、無形、施德、所延（2）、所貴、坐

要、施念、獲報、卻禍、卻死（2）、招財、致福、致祿、結親、交友、所致、居世、修道、求仙、治民、為天、為神、為人、棄穢、置法、施恩、置功、持戒（2）、誦經（2）、行道、檢行、束帶、持齋、遵道、重法、開玄、得道、升玄、寶真（2）、通天（2）、生真（2）、未根、未光、無祖、無宗、乍存、乍亡、以分、以明、乘機、應會、發光、定方、朝真、飛空、步虛、燒香、散華（2）、登命（2）、按筆、拂筵、鑄金、刻書、掌錄、典香、執巾、朝軒、上書、生天、立地（2）、施鎮、安國（2）、開圖（2）、無天、無地、無有（5）、結真、成天（2）、分儀、成形、不徹、停關、不行、齊晨、吐暉、肇運、未有、啟旦、成生、正天（2）、分度、吐金、奉符、促運、保祚、停流、生華、結實、閉齒、依人、復形、不老、懷胎、生男、露形、沉屍、飛魂、成人、飛仙、應圖、育民、流景（2）、飛雲、吐芳、飛香、流電、揚烽、灌日、揚煙、通津、擊劍、扣鐘、稽首、濯瀾、高步、凝真、求真、立真、整運、退齋、按法、分數、司靈、生神（2）、書文（4）、青筆、佩書、掃天、佩身（9）、掃穢（2）、召龍、湧水、安神、鎮靈、運度、保天、召神、使仙、致天、刻題、保命、度災、流英、流芳、落葉、縱心、朝日、內有、外有、養生、流盈、告暮、從神（2）、鳴鼓、練神、啟真、取道、保和、絕煙、鎮肝、通靈（5）、隨符（4）、鎮心、入腹（2）、考吏、鎮脾、開運、轉輪（2）、停輪、不絕、生人、應天（2）、鎮肺、鎮腎、立形、不靈、侍真、隨身、離身、向陽、象地、反善、成仙、有災、運周、推數、過蒙、悼運、行佩（2）、無殃（4）、彌天、窮年、無為（2）、無上（4）、無巔、無極（10）、束海、延年、奉戒、尊法、奉齋、見世、嘯命（2）、不克、正道、不從、不傾、不祥、不爭、無終、保鎮、合明、得免、不明、獲安

動補式（26個）

生成（2）、澄正、解散、居危、運走、走使、行來（2）、坐起、住止、升入、生於、推遷（2）、致浮、致安、得鎮、制會、散滿、移校、開化（2）、固安（2）、鬱絕（2）、致治、敷弘、保固（2）、克致、叨受

主謂式（66 個）

福流、元化、心端、神定、賓伏、項負、身香、體法、心聰、體聖、身生、身睹、志遠、仙度（2）、自行、日生、日成、道成、德滿、福延、光降、德感、氣赤、天降、地發（2）、自來、氣清、地張、鸞嘯、鳳唱（2）、自生、地裂、地生、麟舞、神表、玄孕、冥感、冥行、風灑、命召、劫會、道行、運訖、氣消、主召、炁交（3）、頭戴（4）、室有（3）、堂有（2）、陶鎔、龍眄、鸞翔、氣充、自度、鳳舞、壽多、龍騰、光映、自可、命屬、身得、尸解、自滅、氣流、官考、盟威

（3）形容詞（24 個）

聯合式（18 個）

神奇、輕重、大小（2）、端偉、高大、晻靄（2）、玄妙、柔和、枯朽（2）、混沌、太平（6）、貴重、淳和、衰枯、康強、玄虛、榮華、玄黑

偏正式（4 個）

鬱秀（2）、朗清、朗秀、妙重（2）

附加式（2 個）

自然（7）、肅然

（4）副詞（13 個）

聯合式（1 個）

精彩

偏正式（5 個）

空洞（5）、最大、洞瑛、良久、咸暢

重疊式（7 個）

蕩蕩（2）、巍巍（3）、幽幽（2）、冥冥（2）、邕邕（2）、欣欣、堂堂

3. 三音節名詞偏正式（51 個）

嵩高山（2）、華陰山、三葉神、五葉神、九葉神、七葉神、紫微宮（3）、西王母、小陽九（14）、小百六（10）、玉京山、大聖眾（7）、

青微宮、北酆都、天帝君、太帝君、高皇天、太玄都、太清君、太元君、泰始君、太初君、太素君、太虛君、太一君、太儀君、太平君、太淵君、天帝君、玉曆君、九氣君、道氣君、五仙君、九靈君、神人君、真丈人、五氣君、神寶君、天寶君、靈寶君、元神君、元真君、元靈君、黃老君、太和君、東王公、西王母、紫微宮、地上鬼、普神王、玉京山

4. 四音節名詞偏正式（88 個）

上聖大神、妙行真人、紫微上宮（8）、高上玉帝（2）、元始天尊（6）、太上道君、五老上真、中海水帝、靈寶天尊、太玄玉女、元始五老（2）、六天總地、無極大道（2）、元靈老君、太乙使者、太上老君（2）、太上丈人、皇上丈人、天帝丈人、九氣丈人、東極老人、青華大神、後聖帝君、青和玉女、主仙玉郎、天大聖眾（4）、太和玉女、玉京朱宮、上相帝君、四極真人、道德丈人、萬生丈人、萬福丈人、玄元老君、無上丈人、太清丈人、太玄丈人、中黃丈人、太元丈人、泰始丈人、太初丈人、太素丈人、太虛丈人、太一丈人、太儀丈人、太平丈人、太淵丈人、天帝丈人、九老丈人、玉曆丈人、九氣丈人、道氣丈人、玉真丈人、五仙丈人、九靈丈人、神人丈人、太清真君、五氣丈人、陰陽丈人、太乙丈人、太元一君、神寶丈人、天寶丈人、靈寶丈人、元神丈人、元真丈人、元靈丈人、元皇老君、天皇丈人、南極老君、南極丈人、黃神老君、黃神丈人、黃老丈人、太和丈人、皇真丈人、天師丈人、五星真君、太玄上宮、太素真人、中黃老君（2）、太玄上宮、高真大神、太極上宮、玄都上宮、太玄上宮（3）、上皇大帝、北極真公

5. 五音節名詞偏正式（17 個）

太上大道君（8）、九老仙都君、靈寶九仙君、南極元真君、洞陽太靈君、靈寶太玄都（2）、太上道德君、無上萬福君、中黃正一君、九者仙都君、太清玉陛下（2）、太上玉真君、上上太乙君、皇天太上帝、上古天師君、靈寶太玄都、中臺大使者（2）

6. 六音節名詞偏正式（7 個）

靈寶玄都玉山（2）、上相司馬青童、無極太上元君、太上元君丈人、太元一君丈人、太上皇真道君、靈寶玄都上宮（3）

7. 七音節名詞偏正式（7 個）

太上三天靈都宮、真陽始青神人、上會靈寶太玄都、玉山青華玉陛官、玉京金闕七寶宮、璇璣玉衡星真君、玉京七寶紫微宮

8. 八音節名詞偏正式（2 個）

無極大道天皇老人、太玄上宮陽臺真人

四、《洞真太上太宵琅書》複音詞

《洞真太上太宵琅書》共出現複音詞 954 個。

1. 單純詞（5 個）

婆娑、眇莽、嵯峨（2）、溟涬、徘徊（4）

2. 雙音節詞（866 個）

（1）名詞（490 個）

聯合式（33 個）

太上、日月（2）、帝君、玄虛（2）、高尊、元始（5）、神真（4）、王君、科禁（3）、帝王（2）、宮室、支干、斑文、暉精、天地、星辰、高上、宮闕、次序、世代、祖宗、釁穢（2）、禮拜、齋戒（8）、朝夕、吉凶、夢想、真神（2）、秘奧、華茫、百千、辰星

偏正式（425 個）

洞真、洞虛、太霄（41）、琅書（31）、瓊文（38）、帝章（16）、元皇、玉虛（2）、太帝、中子、瓊胎（2）、玉房、雲精、金門（2）、紫胞、洪露、胎息、陽道、上皇（3）、元年（2）、天暉、九玄（10）、寶耀、太陽、雲崖、金容（2）、瓊軒、皇基、帝圖（5）、玉秀、九靈（3）、甘香、玉泉、靈妃（2）、皇芝、神龍、瓊鳳、紫煙（2）、二象（2）、三晨（7）、神州、七轉（2）、靈風（2）、絳寶、太虛、三元（6）、皇篇、玉天（2）、紫鳳、玉京（3）、七寶（2）、珠房、明霞（2）、清齋、玉軒（2）、靈端（2）、圓光（2）、神

燭、瓊堂、虛皇（2）、天光、五宿、七元、九色（7）、玉靈、神鳳（2）、明皇、三道、瓊闕、玉霄、妙曲、二儀、玄圖（2）、帝錄、萬仙（2）、地司、五嶽（2）、上真（3）、三關（2）、洞源、太真（2）、帝靈（2）、玉帝、金縷、玉字（2）、寶文、九天（43）、金晨、玉童（3）、九帝、上聖、玉階（2）、萬劫（7）、眾經（3）、中仙、高靈（3）、萬炁（2）、大洞、帝一（3）、雌一、玉檢、五老、寶經（3）、宿根（3）、七玄（3）、九炁（2）、天魔（2）、寂室（2）、霞庭、九霄（4）、上玄、玉宮、萬真（2）、群魔（2）、道真、太清、要訣、上仙（3）、妙篇、紫庭、萬方、萬靈（2）、帝庭、西城、金名、帝簡（3）、綠字（2）、紫清（2）、靈篇（3）、九祖、鬼官（2）、地獄（2）、萬里、世間（7）、法戒、帝籙（2）、天人（3）、四司（7）、平旦（2）、天王（12）、青宮（4）、瓊輪（8）、禪善（3）、天中（4）、天下（6）、上道（5）、玉真、元王、東華、天上（2）、天科（3）、三天（4）、法服（2）、五帝（3）、始炁、官司、梵天、諱字、紫炁、神兵、秘書、九幽、玄臺、紫戶、雲文（3）、月光、玉國、珠林、瓊臺（4）、三法、天元、天文、七色、龍文、珠宮、斑裘、青華、歲星、玄精、丹房（3）、玉臺（2）、玄晨、鳳城（2）、紫瓊、玄雲、寶裘、陵層、妙宮、九曲、九王（2）、本宗、眾帝（2）、先祖、精源、三景、始天、符章（2）、玉訣（2）、三五、本元、累劫、典格、道君、中皇、瓊房、金闕、上宮、古文、玉名、寶訣（2）、秘諱、下試、玄名、金字、上清、王名、玉女（3）、上金（2）、紫紋（2）、至靈、七祖（7）、三官、雲營、神匠、法景（2）、綠瓊、玉景、九嶺（2）、餘名、玄都、精微、黃寧、爾形、靈運、金真、寂庭（2）、歷劫、九冥、幽期（2）、原始、玉枝、父寧、母精、鳳臺、雲房、羅門、心神、羽儀、雲階、玉章、紫暉、丹霄（3）、太微、玉籟、瓊林、群仙（2）、羽衣、天玉、萬機、虛輪、瓊幃、晨炁、陵梵、朱日（2）、千景、靈輝、玉輦、虎符、萬神、窮魂、雲庭、虛微（2）、億劫、妙音、綠輿、神公、帝尊、趣門、金羅（2）、靈雲、金房、白元、黃籙、太一、命根、仙籍、命文、天真、百關、青裙、皇華、四圓、靈感（2）、空中、華宮、綠房、十方、萬帝（2）、真運、虛宮、四維、朱煙（2）、天帝（2）、始蹤、玄總、宿基、餘慶、南宮、五苦、太空（3）、靈嶽、常宅、紫風、玉麟、靈歌、幽宮、中田、飛仙、靈標（2）、命年（3）、丹華、朱陽、兆身（4）、液津、幽夜（2）、金日（2）、靈香（2）、瓊室（2）、慶堂（2）、微言（2）、妙章（2）、靈諱（2）、玄一、合宮、重基、靈機、法鼓、太幽、宴景（2）、晨闕、靈飆、紫霞、玉皇、虛庭、神室、清謠、高晨、冥運、奇香、玉英、蘭芝、玄谷、六位、神逸、寂宮、洞鄉、微辭、理命、玄歌、霄庭（2）、音句、本命、八節、飛雲、室堂、紫晨、元精（2）、隱書、寶名、仙王、九泉、棗心（2）、絕岩、清泉、紫絡、雌黃、青碧、印章、四方、玉函、別室、仙宮、南嶽、上法（4）、西嶽、北嶽、中嶽、正方、玄冥、雲輿、紫蓋、仙官、要言、魔精、本形、紫書、金骨、玉髓、宿緣、明師、金僧、玄科、北面、香餅、棗果、元真、玄始、金仙、眾真、宿命、靈文、真諱、靈真、神光、下臣、河源、經章、餅果、玄嶽、空山、九年、雲外、岩阿、鬼役、使者（2）、嬰兒

動賓式（22 個）

飛霜（2）、飛輪、應聲、治天、流精（2）、飛霞（2）、監天、飛雲、流霞（2）、流芬、流光、飛景、飛羅（2）、刻書（2）、印文（2）、刻文、燒香、通靈、致真、叩齒、飛瓊、無崖

附加式（5 個）

自然（7）、真人（4）、公子（3）、弟子（3）、先生

（2）動詞（364 個）

聯合式（60 個）

奉迎、修行（4）、陳請、施用、觸忤、遭遇、思念、侍衛、混合（2）、解釋、拔度（3）、錯綜、誦詠（4）、通暢、歌詠、變化、翱翔、徵召、攝製、死生、出入、洩露、被考、履行（8）、修學、下降（3）、上升（7）、好尚、整束、次第、覆蔭、置立、俯仰、撰集、遇會、侍衛、攜拎、專一、運通、逍遙（2）、尋索、外想、尋思、澄清、攜提、合會、翼輔、攝扳、攜契（2）、內外、合同、消滅、忘失、

去來、煥爛、出入、殃逮、功業、羅布、沐浴

偏正式（129 個）

清齋（10）、大有（3）、參聞、玄映、洞臨、總統（2）、駭聽、遊娛、感暢、決斷、寶秘（2）、轉傳、充責、精修（3）、精勤、苦行（2）、勤修、精思、驕樂（2）、朱映、七映、流演、顧盼、精研（2）、回轉、洞存、咸同、相和、總攝、拔滅、仙飛、玄覺、清唱、靜思、相與、至感、余念、至學、朝遊、夕憩、幽尋、結攜、仰歎、履唱、靜思、雜匹、玄叩、運駕、稽逮、大化、冥會、仰咽、幽思、遊慶、微思、告感、仰存、克乘、宴轡、遊宴（2）、察行、玄會、衛迎、威制、輕傳、死役、奉行、獨妙、暮臥、假託（2）、相應、下授、信盟、徒勞、感悅、朝宴、運周、靜慶、整結、下教、長閉、別置（7）、檢慎、紫字、所治（4）、所糾（5）、常以（4）、悉有、悉係、妄宣、各治、並生、後學、長生、推校、相參、錄校、改定、集為、以付、盟傳、輕泄、考延、長充、中生、妙覺、相徵、安在、棄去、披誦、玄降、慮遣、玄化、妙想、相推、匡轡（2）、合慶、常使、積感、左顧、右盼、玄挺、華翹、運回、相感、輕行、下映、考掠（2）、奉受（2）、宿有

動賓式（134 個）

稽首（2）、隨意（2）、修學、叩齒（2）、滅景、絕形、示人（2）、泄真、詣師、結胞、登山、飛霄（2）、記名、刻玉、典香、洞趣、徊風、侵景、啟關、臨軒、伏袂、騰身、精心（4）、慎文、乘空、登霄、遊宴（2）、適意、嘯命、駕霄、乘煙、合真、領真、侍仙（2）、誦經（6）、犯科（5）、違禁（4）、入室（5）、奏子、記名（6）、考屬（7）、得乘（7）、修齋、行惡、違戒、列名、領仙、行惡、犯科、另仙、求仙（4）、度世、列名、衛己、耀精（2）、通光、治天（7）、流光（2）、耀雲、流雲、飛晨、流丹、飛雲、流黃、鎮星、飛精、分炁、改運、應期、合真、投暗、推運、依科、負石、運山、結炁、無形（2）、有真（2）、列宿（2）、解褉、回霄、落景（3）、絕念、結炁、握節、解衿、回風（2）、嘯歌、流精、度命、有日、無期、流明、耀靈、含炁、流盼、飛步、積思、結友、

凝炁、握節、流芳、積思、積福、存念（2）、改度、合秀、飛瓊、執契、歸真、登晨、入室、叩齒、如法、乘雲、駕虛、刻書、無縫（2）、無極、未凝、未明、不死、不行、不備、不成、不窮、不齊、存神、念真、不犯（5）、得知、不原、篤志、成雙

動補式（12 個）

屬於、令得、死入、結成、起於、傳於、使傳、藏於、流回、遂有、得同（2）、陳清

主謂式（19 個）

自成、手執、神挺、精冠、名書（7）、名參、頭戴（8）、煙落、真降、天應、運回、體結、理化、號為、運隨、道降、容冶、靈化、神歡

（3）形容詞（14 個）

聯合式（7 個）

上上（3）、高妙、遼朗、蓊靄、微妙、空洞（10）、虛朗

偏正式（4 個）

奇秀、玄遠、幽密（2）、鬱勃

附加式（3 個）

鬱然、寂然（3）、倏然

（4）副詞（8 個）

偏正式（1 個）

俄頃（2）

重疊式（6 個）

蕭蕭、飄飄（2）、翳翳、離離、紛紛、寥寥

3. 三音節名詞偏正式（15 個）

九天王（6）、太真王（3）、無量天（2）、四天王、東華宮（5）、梵寶天（6）、梵眾天（4）、東華庭、紫霄崖、扶桑宮、玄國籙、青華童、定命籍、保劫功、三晨洞

4. 四音節名詞偏正式（56 個）

紫微夫人、西華玉女、虛皇道君、太華真人、太和真人、東華老子、

西臺中候、北帝中真、九靈王子、太靈真妃、赤精玉童、玄谷先生、南嶽赤松、中山王喬、紫陽真人、西城王君、中皇先生、九天丈人、四玉帝君、玉晨使者（2）、無量壽天（3）、原始天王、四帝真王、主仙玉郎、高上元皇、中真使者（2）、虛皇玉帝、天寶帝王（2）、萬石使者（2）、萬始先生、監真使者（2）、紫虛帝君（2）、左右三官（6）、高上帝王、羽仙使者（2）、大明真王（2）、眾真帝皇、三十六天、侍真玉女（7）、須延天王、原始上皇、二十四真、東華青宮、無量毒天、梵監天王、化應聲天（2）、東嶽仙官、南嶽仙官、西嶽仙官、北嶽仙官、中嶽仙官、太霄真仙、四極真人、太一靈神、檢真直司、化應聲天（4）

5. 五音節名詞偏正式（9 個）

三天長生君、鬱單無量天（3）、四天統真王、梵摩迦夷天（6）、波梨答和天（7）、玉京靈都宮、上相青童君、帝一鎮靈宮、他化自在天

6. 六音節名詞偏正式（3 個）

南極總司禁君、四天高上帝王、後聖九玄道君

五、《無上三元鎮宅靈籙》複音詞

《無上三元鎮宅靈籙》共出現複音詞 773 個。

1. 單純詞 1 個

逍遙

2. 雙音節詞（766 個）

（1）名詞（411 個）

聯合式（93）

日夜、功德（11）、官將（2）、男女（6）、歌舞、水火（6）、功用（2）、孤弱、法準（2）、虛空、天地（9）、兵戈、人鬼（2）、冥昧、高尚、災兵（3）、兆民（2）、堂戶（2）、妖精（2）、凶害、魔邪、魍魎（2）、鬼精（2）、君臣、社稷（3）、清微（3）、將吏（2）、山林、根源、本始、土地（2）、鬼神（5）、門戶（7）、家室、長幼、吏兵（8）、官律、律令（13）、兵士（13）、上下、中央、

大小（2）、籙籍、兵馬（11）、周匝、鬼魅、金銀、銅鐵、玉石、巫祝（2）、房廟、宅舍、災殃、橫厄、陰陽（3）、名目（2）、飲食、子孫（2）、後胤、衣飯、形相、符咒（2）、帝皇（3）、帝王（2）、國王（2）、貧窮、刑律（3）、年限、律準（4）、天子（2）、王侯（2）、世界、百姓、妖異、盜賊、衣服、律論（14）、宮宅（3）、生死、薄籙、罪福、微清、章儀、次序、南北、儀典（2）、將領、形狀（2）、智慧（2）、倉庫（2）、燈燭、年壽、元始（13）

偏正式（302 個）

已身、部下、五嶽、來生、長劫、清福、非人、故氣（3）、非真、靈籙（31）、毒疫（2）、兵災（3）、正智、心識、威神、三元（16）、玉皇（15）、道君（2）、威光、霄景、金明（7）、七真（22）、十方（33）、天人（31）、正法（56）、中師（2）、金元、天尊（8）、三界（4）、未劫（2）、下愚、法橋、今生、至真（3）、大聖（3）、金真（3）、中真、大乘（3）、萬象、至人、福基、蒼生（2）、苦海、幽夜、三災（4）、五濁（3）、百惡、上業、天下（2）、上元（5）、天官（7）、上靈（4）、大籙（2）、五方（7）、鬼疫、瘟災（5）、百毒、不祥、萬殃、大難、太上（13）、禹餘（2）、大赤、三天（45）、真皇、玉司（41）、高上、九天（4）、上帝（4）、神皇、玉帝、太帝（2）、天帝（2）、太一、九宮、八卦（2）、六甲、靈山、大澤、三河、四瀆、九江、淮濟、溟律、大海、九州、裏域、孟長、真官、天真（2）、大神（2）、魔兵、九部、北酆（4）、北陰、寒冰（2）、九夜（2）、諸官、九都（10）、玉典、大道（6）、清真（6）、四面（3）、八方（3）、天威（2）、群奸、鬼域、風刀、宗祠（2）、中元（2）、神官、四方、四維、青龍、白虎、朱雀、玄武、勾陳、伏龍、六天（2）、神功（2）、九幽（8）、宅籙、親祠（2）、下元（3）、赤天（4）、直靈、太歲、門丞、戶尉、井灶、上世、先亡（3）、真官、玄科、上妙（3）、上錄、諸天（8）、魔精、鬼賊、群精、夜庭、冰府、考工、祖父、祖母、亡父、亡母、三世、生人（2）、律官、家門（8）、生官、元生、福堂、福界、金容、雲空、虛天、玉天、玉清、玉虛、靈將（3）、天兵、正道（4）、兆身、神公、地兆（9）、玄都（2）、命籍、疋數、紫紋、元命、律品、神真、絹錢（2）、法師（28）、門下（3）、命米（4）、八數（3）、法輪、大齋、命信、米限、六時、上天（2）、三刑（11）、宮合、門上、瓊門、下界、天王、梵天、五帝、天君、天元（2）、正度、中尚、三品、九劫、命素（3）、命彩、父子、考官、五劫、家言、諸地、客鬼、官宅、天神（2）、地祇、家長、符廟、邪師、師姑、女郎、幽都（3）、太陰、善功、福田、十品、上仙、水官、天鼓、上清、天清、微天、六害（2）、玄籙、靈壇、官章（2）、表刺、凶人、家宗、煞律（2）、神氣、萬靈、非正、神像、身相（3）、金剛、九色、八煞（3）、靈節（3）、三色（2）、毒龍、天空、千丈、萬凶、中部、七色、神虎、神兵（2）、千毒、萬奸、下部、神金、三煞、疫毒、太虛（2）、總智、總神、四象、萬道、國主、地下、女青（3）、都官、人命、本命、荒年、命錢、命絹、三千（2）、煞官、法律、靈寶、厄會、九刑、大覺、正覺、妙覺、大妙、實妙、窮微、玄聖、正教（2）、慈母、赤子、良醫、五毒、十苦、沉骸、幽徒、慈真、幽途、六慧、天堂、後世、真者、生者、道士

動賓式（14 個）

無極（5）、列真、無量、無上（67）、司命（4）、飛天、司錄（2）、司正、命紋、鎮信、刺事、無高、無卑、將軍（28）

附加式（2 個）

自然（7）、弟子（47）

重疊式（1 個）

上上（12）

（2）動詞（345 個）

聯合式（109 個）

降臨、開度、請問、崩淪、開示、淪溺、驅除（2）、變異、安鎮（2）、放縱（2）、災毒、疫煞、侵害（3）、鎮防（17）、守衛（2）、干犯、振動、收取（3）、遷逐、容隱、共相（2）、營衛（5）、外防、禍害、執考、守防、防衛、敕勒、禁忌、并同、共明、招引（4）、

凶禍、禍祟、疾病、俱同、舉遷、言名、升上、給以、存見（2）、符命、掃除、運行、遷賞（32）、供施、貧窮、施散（2）、結考、殃罰、禍祟、災厄（2）、擁護、奉承、朝拜、侵亂、沐浴、整肅、禮拜（2）、輕重、請乞、開化、圍繞、收檢、攝捕、災害（2）、檢攝（2）、消除、收除、疾害、禁備、稱言、度治、差別（2）、改易（2）、劫盜、抄掠、出入（2）、安置、彌羅、蓋覆、吉貞（2）、仁智、尊仰、合進、兵仗、造立、謀圖、反逆、欺凌、煞害、凶悖、功用、聚積、貴直、謝衍、去失、欺罔、懺悔、休否、貪索、煩熱、患難、冥昧、升化、功能、發露、安存、疾患

偏正式（46 個）

伏願、正覺、請受、普告（2）、玄朝、廣度、廣囿、並行、恒修、相付、永保、長存、共來、奉受、上啟、把算、冥寂、精押 2、上檢、俘遊、伏殺、長居、保賞、朗徹、俱來、混生、奉送、準用、大慶、狷亡、校試、伏度、棄置、常存、虛凝（2）、玄降（2）、奔逸、妙無、貸取、責望、朗覺、奉行、玄範、惡會、山棲、大有

動賓式（158 個）

加害、加真、證盟、救世（3）、存真、飛景、入寂、稽首（6）、作禮（3）、蒙惠、賜見、不及、受記、無能、塗炭、不幸、臻趣、檢神、築鬼、收魔、攝精、不泄、無為、得度（3）、有道、行道（3）、依法、受事、隱形、騰虛、生神（3）、度命、延年、益壽、鎮宅（7）、對盟、告誓、違約、干正、守宅（7）、不正、封宅（2）、司正（2）、司法（2）、司非（2）、勒宅、司察、沉屍、為精、為祟、不詳、監盟、告命、不聞、不應、不奉、得使、振威（3）、執係、不得（4）、估利、生人、存象、無異、出號、明威（3）、攝氣、輔兆、檢精、流煙、策鬼、召魔、無蠲、為鄰、有善、有逆、鎮彩（2）、持法、有違、言功、進軼、輸錢、絹米、不輸、修身、法己、燒香（2）、輕經、禮懺、然燈、照夜、修齋、持戒、寧國、安民、飛天、收命、鎮信、不為（3）、建功（2）、立福、變怪、衛門、害心、持齋（2）、啟言、增口、失福、減口、無增、無減、不用、改籙（3）、更封（3）、受功、昇天、准入、求福、違師、背約、守人、封籙（8）、清精、

滅禍、動兵、奏言、表事、稱名、敕籙、不敬、存心、召神、去地（2）、催心、辟邪、無民、通真、歸慧、欺天、罔地、造惡、不臣（2）、背師、欺君、準罪（6）、不勞、齋正、貪利、謝罪、出世、度人、濟苦、治病、有效、不樂、遊神、保兆、加身

動補式（10 個）

凝住（2）、布滿、持中、保固、守固、除去、泄慢、滅爽（2）、殄滅、殄卻

主謂式（22 個）

功成、德普、自非（2）、官拷、客死、部送（2）、神生、心存（2）、身收、身見、世受、形長（2）、手握（2）、自用、口是、心非、自任、事竟、自覺、自在、神澄、氣清

（3）副詞（6 個）

重疊式（6 個）

詾詾（2）、巍巍、急急（5）、念念、悠悠、眷眷

3. 三音節名詞偏正式（5 個）

大道君（11）、崑崙山、禹餘天（2）、曾祖父、曾祖母

4. 四音節名詞偏正式（1 個）

層城上宮

六、《洞神八帝元變經》複音詞

《洞神八帝元變經》共出現複音詞 982 個。

1. 單純詞（4 個）

朏䨴、須臾（2）、滂沱、崢嶸

2. 雙音節詞（974 個）

（1）名詞（557 個）

聯合式（228 個）

聖凡、賢愚、律令（2）、過失（2）、卜筮（2）、是非、徵祥、妖災、吉凶（6）、變化、辭旨、旨要、節度、宗旨、次第（2）、提綱（2）、紀目（2）、功用（3）、行能、節要、靈祇（2）、明靈、章

句、經旨、文辭、名宦、庸堅、功能（3）、利益（2）、晝夜、身心（4）、境界（3）、軀命、世俗（3）、功效、平旦（2）、綱維、要紀、衣服、精華、鬼神（42）、禍福、行業（2）、精魅（2）、醫巫（2）、生死（2）、財金、陰邪、富貴、非咎、樹木、水土、門戶、井廁、舍室、牛羊（2）、豬狗、蟲鳥、狼虎、徵怪、姓名（2）、形狀、符藥、君主、飲食、米穀、供用、疾病、死生、差劇、消息、委曲、耳目（2）、金銀（2）、財帛（2）、珍奇、魚肉、虎狼、戶門、瞬息、陰陽（3）、風雨、玄黃、彝倫、賢達、天地、春夏、炎涼、聚落（2）、霧霏、秋冬（3）、黍稷、神明、祭肴、申酉、亥子、庚子（6）、春秋、庚寅（4）、神仙（5）、經法、根葉、枝莖、山澤、知見、岩巘、牆院、階道（2）、東西（2）、大小（3）、性命、奢檢、菜蔬、衣食、衣裳、神祇（2）、酒肉、辛葷、巳亥、彌須、脂油、分明、田野、牛馬、畜牧、方尺、穢污（2）、方寸、雉兔、塵垢、固安、色貌、氣息、朝夕、未來、過去、善惡（3）、言信、精神、賓主、人鬼、寤寐、縱橫、聲色、證候、神志、學問、思想、災累、凶吉、帝王（2）、徵驗、災橫、齒唇、目臍、安危、橫禍、財寶、貨產、宰輔、道義、道理、群俗（2）、術藝、凡俗（3）、才智、父子（2）、君臣、凶逆、要用、朋友（2）、殃釁、災凶、福慶、性品、舉止、殃禍（2）、親眷、款曲、賢善、龜筮、夢想、氣色、醫方、痾疾、困厄、危亡（2）、父母、英明、聖達（2）、綱紀、序目、兵戮、表裏、動靜、身量、凡聖、苦樂、禍難、愍愚、教道、禮儀、存亡、利害、宰相、死亡、百姓、兵屠、文筆、詩賦、黃老、秘要、心胸、琴曲、篇目、帷幄、僧孺、文圖、要道、劫盜、時節、儀形、席簾、婦女、飯食、巨億、忠信、知解

偏正式（306 個）

口訣、冥潛、貨賄、洞神、八帝、世塗（2）、蒼生（2）、庶類、天文、地理、人事（2）、萬物（4）、漢朝、岩林、金蘭、沙門（2）、神圖（3）、藥物（5）、藥名（2）、本草、弱冠、禹步（6）、尺版、壇儀、雜候、吉時、藥味、人心（2）、餌藥（3）、神將、義類、非類、白日（23）、黃帝（6）、南斗（3）、皇天、人間（2）、萬象、

萬金、神意、千尋、中天、粗事、銳志、祭文、法用、經文、齋院（2）、神室（20）、案具、威儀、吏佐、列宿、群神（3）、心業、八神（5）、天官、未象（2）、木者、殊能、仙道（3）、千里（4）、田蠶（2）、珍物、萬品（2）、古衣、右手、萬年、仙藥、陸地、表衣、青裙、萬事、百惡、世間（3）、諸鬼、經書、紫衣、綠緣、黃裙、人家（2）、經齋、法室、西樞、先賢（2）、後生、歷代、後聖、兩儀、四時、天時、人時（2）、昊天、六合、神功、道術、秋毫、年光、氣序、人性（3）、寬園、平原、名山、荒郊、節物、山階、茅簷、萬規、園樓、隱室、雲車、玄庭、彩輿、紫極、夜半、年時、俗途、仙人（5）、聖人（4）、術人（12）、庸人、吉人、玄精、東南、正北、正南、東北、正西、齋室（8）、桐版、神壇（2）、八方、朱砂、八卦、真人（2）、玉液、秘道、異草、靈芝、要路、性靈、石膏、麻黃、藥性、四齊、鬼兵、鬼箭、鬼扇、方扇、鬼軋、山陰（2）、水苔、石苔、鬼苗、丹砂、雄黃（3）、鳥卵（2）、鳥巢、瓦器、泉水、六味、道人、仙徑、機實、仙方、六畜、產污、南牆、西牆、南向、墻土、白草、香末、祭日、雜物、箔簾、布衣、葛冠、草履、中外、簞食、臭味、垢衣、葛巾、鹿皮、裙衫、裙襦、帛抹、氈靴、遠處、俗取、新衣、體內、香湯（2）、色穢、神形（2）、百日（3）、術驗、四更、祭具、神威、南壁、燈柱、細頭、絹籠、白夜、人眼、燈脂、五色、美食、西間、白茅（2）、東面（2）、南面、西面、北面、白香、世人、稿薦、傍箕、茅薦、四面（2）、黃娟、鹿脯、青州、東陽、生棗、白餅、白麵、新麥、四面、墨書、桐板、天下、美酒、香棗、甘脯、勝友、官事、新愛、正道、左道、神術、人情、俗網、頭髻、世事、兵災、世利、財職、庶務、人倫（2）、肉眼、要籍、聖人（4）、無形、昆季、終身（2）、神語、神言（3）、淫色、體性、眾事、神居、效驗、脈候、神告、神心、名教、虛論、本心、心法（2）、萬善、事源、秘術、群靈、神效、永世、浪人、百端、明神、時人、流輩、群史、玄洞、中嶽、群神、巫火、西山、大雪、刺史、仙術、秘咒、東井（2）、天上、天仙、道氣、心識、圓冠、神訖、萬里、仁人、使者、達者、學者（4）、道士（2）

動賓式（19 個）

養生、行術、值日（3）、束帶、曲事、奔馬、遷物、清心、還丹、觸類、分野、理符、沖虛、無象、備言、祭神、不詳、證經、未萌

附加式（19 個）

自然、女子、君子（2）、木者、術者（2）、弟子

重疊式（2 個）

事事、種種（2）

主謂式（2 個））

人定（4）、日沒、天算、神傳

（2）動詞（398 個）

聯合式（133 個）

得失、存亡、危殆、敬讓、隱逸、遷流、傳授、撰錄、改換、乖背（2）、研磨、寤寐、推觸、次第、動靜、敗虧、恭恪、節儉、祈召、恐怖（2）、擾亂（2）、傳通（4）、役使（5）、殘害、詭謗、譏毀、誡告（2）、盟歃、漏泄（2）、授受、拘攝、懈墮、差遲、差失、精誠、覆護、追奔、尊敬、怨讎、往來、餌食、讒謗、歡喜、變化、儉饑、驅役（2）、循環、遷易、頹毀、敗腐、言語（3）、舛錯、任用、腐敗、解散、敬肅、譎詐、考研、灑掃、出入（2）、禮敬、恭敬、祈禱（2）、潔淨、嗔怒、懈怠、睡眠、驕慢、潔清、沐浴（4）、裁量、祭祀、捩紐、置設、損益、限礙（2）、遠離、影響、驚怕、悚惚、驚惶、歡娛、防護（2）、制克、猖狂（2）、殃滅、隱顯、理會、驅策、思念、忿怒、怠墮、違失、恐嚇、移易、精彩、昏錯、堅忍、彰露、安靜、通傳、利益、欣悅、救度、欽敬、敦厚、謹密、慈愛、厲害、亡滅、侮慢、存生、策馭、誡慎、欺詐、詭誑、驅使、授與、獲得、召請、富貴、交通、繫念、預備、經驗（2）、研覽、忍迫、抑忍、關涉

偏正式（99 個）

牽尋、諮訪、優膺、口授、餌服、徵驗（5）、預習（2）、召驗、預知（6）、淺取、輕用、慈順、忠素、靜照、差越、遵傳、誑惑、通變、通鑒、擾迫、矯誑、兵戮、奉行、效驗（3）、探取、斷壞、擇

取、虛誑、妄語、神通、勇伸、悲悼、充用（4）、潔齋、敷設、差較、歆響、跪啟、酣飲、醉飽、跪拜、惠察、徹視、預見、敷演（2）、明悟、景行、審探、抑退、假託、暢泄、濟拔、靜慎、預防、恣行、矯變、恐迫、繕寫、恐惑、擾害、疑懼、勤恪、矜奢、急性、自恃、僕射、神驗、賓遊、將來、翼奉、役逑、徧遊、營護、衒販（2）、衒賣、專求、洞鑒、夜行、長生（2）、久視、安居、浪泄、虛損、交遊、敬授、遵候、重言、通見、香嚴、妄加、齋潔、衒露、蘊解、耗擾、廢闕、直至、泄慢、相隨、召役（4）、役召

動賓式（150 個）

非常、濟生、避害（3）、去惑、通神（6）、齊功、銷災、益智、稱聖、招禍、投分、吐實、應符、契道、分資、步綱、致靈、通靈（3）、修法、服膳、招神、降福、致違、布坐（2）、見形、誡身、保命（3）、學道（3）、清身、重法、尊事、感物、行術、禹步（3）、服符（3）、執版、讀文（2）、奉事、呈效（2）、避兵、雪怨、報讎、取藥、致悅、興財、轉禍（2）、取食（3）、贍議、除害、封候、服藥（6）、曲事、使取、隨意、致功、立功、棲神、應機（2）、磬心、馳龍、馭鳳、控鵠、乘鸞、養生（5）、捐名、棄位、不染、流俗、閉氣（2）、昇天、愈疾、威虎、辟兵、禳災、厭盜、增年、益壽（2）、精心（2）、絕穀、塗地、擐甲、持矛、食粥、食鹽、召神、服人、存神、祭神、鑽火、靜心（2）、布肴、設饌、薦神、致祐、告板、祝詞、獲驗、道別、存心、調鷹、馭馬、獲安、清心（2）、棄俗、索隱、研幽、限量、傳事、健嗔、耽行、致害、罹惡、飲酒、獲利、用神、勞神、閉口（2）、不邪、追悔、攀緣（2）、縱慾（2）、息貪、濟俗、出塵、敗德、染穢、無形、用心、不起、致用、除患、法志、消衍、肆情、不顧、拘身、致濟、清神、殺身、旋踵、致禍、所謂（4）、離禍、攝生、延壽、役鬼、如意、延年、養神、奠肴

動補式（11 個）

刊正（2）、懇切、敬切、坐延、具足、灑淨、舛互（2）、交至、馭伏（2）、夷滅、召致

主謂式（5 個）

心念、心敬、身恭、心知、口道

（3）形容詞附加式（2 個）

倏忽、未然

（4）副詞聯合式（2 個）

遐邇、必須（6）

3. 三音節名詞偏正式（4 個）

東方朔、陽遂山、晉陽山、廣陵散

七、《洞真太上太素玉籙》複音詞

《洞真太上太素玉籙》共出現複音詞 200 個。

1. 單純詞（2 個）

須臾（2）、混沌

2. 雙音節詞（195 個）

（1）名詞（132 個）

聯合式（17 個）

帝君（12）、左右（3）、天地（2）、崑崙、房室、壽命、神仙（2）、胞胎、魂魄、科約、污穢、神靈、志節（3）、券契、姓名（3）、繒絹、鬼神

偏正式（115 個）

太素（6）、玉籙、玉晨、五帝（2）、神使、素靈、上宮、太空、玉童（5）、玉女（9）、師言、太清（4）、真元、太和（5）、胎元、天帝、紫微、黃闕、紫房（2）、太一（10）、夜半、子時、兆身（3）、太極（6）、左目、青衣、左手（2）、青芝（3）、右手（2）、青幡、右目、白衣（5）、金液（4）、玉漿（3）、白幡、太微（6）、玄室、帝堂、天府、皇宮、天京、玄都、六合、神皇、蓮花、美酒、今日、神芝（2）、胎神、東嶽（2）、上清（2）、神文、雲輿、萬事、五嶽（6）、紫素、名山（3）、大石、黃土、石景（3）、黃文、仙君、仙靈、石室、奇草、金陽（3）、書生、清

虛、上士、中士、下士、真形、俗人、天真、眾仙、金丹、芝草、龍車、羽蓋、靈童、萬里、賊人、玉馬、空境、洞真、石精、玉契、隱書（3）、真人、天綱、地紀、青童、骨錄、金龍（3）、玉魚（3）、太歲（2）、道士（6）、秘契、大洞（3）、真經、學者、天師、赤童、真文、玄炎、五方（3）、真神、諱字、左肘、聖智、天靈、地祇、神童、侍子、真師

（2）動詞（59 個）

聯合式（18 個）

謹慎、對待、出入、告請、戴佩、侍衛、喧嘩、念道、使喚、交通、精專、去來、齋戒、盟誓、告要、遭遇、變化、洩露（2）

偏正式（21 個）

飛行、密修、諦憶、安臥、長生、久世、遊宴、血食、走使、共處、幽居、訶召、遊行（3）、自在、敬護、啟授、傳授、遠遊、朱書、右行、鬱清

動賓式（19 個）

致災、閉目、度籍、奉章、登虛、駕雲、舉形、服符、升仙、修身、登壇、乘空、祭酒、散光、封山、召海、齋精、行廚

動補式（1 個）

露出

（3）形容詞（4 個）

聯合式（2 個）

聰明、寒熱

附加式（2 個）

忽然、自然（3）

3. 三音節名詞偏正式（3 個）

符印文、契靈文、九星契

八、《上清太一金闕玉璽金真記》複音詞

《上清太一金闕玉璽金真記》共出現複音詞 316 個。

1. 雙音節（306 個）

（1）名詞（170 個）

聯合式（22 個）

源由、罪咎、天地（4）、水火、門戶、尊卑、身形（2）、肌膚、骨肉、律令、吉凶、日月（4）、根源、條例、罪福、皇帝、神仙、屋室、形象、帝君、長綿、高上

偏正式（143 個）

上清、太一（5）、金闕、玉璽、金真、人間（2）、太靈、六畜（3）、眾生、白日（2）、戒法、三泉、靈寶、八節（2）、九素、秋分（3）、八地、萬民（2）、神尊、真官（2）、符文、節日、仙符（2）、神童、太平、真君、天庭、素靈、玄洞、靈宅、太虛、丹城、紫臺、玉樓、太微、九天（3）、真皇、北極、諸真、八海、大神、五嶽、名山、靈尊、天下、黃篇、纖芥、丹誠、陰德、細功、夜半、中庭（2）、萬過、太上（2）、死籍、三官、玉札、靖室、三元（3）、仙籍、泥丸、絳宮、丹田、三神（2）、天尊、生籍、死名、萬物、我身（2）、北辰、五帝（2）、日君、裴君、空山、清廬、濁氣、眾欲、日窟、天東、長丘、八極、明真、希林（2）、青精、日飴、雲碧、玄腴、日精、帝門、要道、上青、月光（2）、左次、右次、背次、左手、上次、右手、雲車、日中、月中、五靈、群神、玉女、玉童、四真（2）、素秘、金券、北面、神虎、六天、邪精、眾真、青毛、九宮、天心、帝庭、密室、心中、虎符、他方、九真、石山、三更、甲符、百病、晚學、至尊、末學、寥陽、師靖、飛龍（2）、六嶺、帝堂、天皇、俗人、古人、真人（2）、夫人（2）、聖人、大人、道士（6）、行者

動賓式（5 個）

司命、扶桑、揮神、流鈴（2）、無極

（2）動詞（135 個）

聯合式（28 個）

惡逆、改補、微妙（2）、生死（3）、并集、先後、罪福（2）、懈疏、修行（2）、善惡、刑罰、伏匿、陳乞、罪咎、乞求、洞達、宿

夜、改更、彷彿、左右、笑樂、吸取、駕乘、思存、精誠、役使、流注、行來

偏正式（28個）

秋判、仙生、北向、朝北、剋責、恩赦、精思（8）、愛育、終日、東遊、威制、方來、周流、幽感、共載、獨處、上聞、久視、重犯、長生（4）、上登、集議、長跪、上啟（3）、上升、上朝、驂乘、來生

動賓式（68個）

度命、飛仙、卻死、合德、度世、好道（2）、反善、改誓、違生、改心、易行、交耳、昇天（2）、除過（2）、敕符、叩鐘、得仙、學道、犯過、犯惡、脫巾、求赦、除過、任意、移書、通靈、達真、叩頭、存念（3）、助己、傷神、包內、知外、所行、所由、按法、燒香、所念、所益、乘日、所謂、奔日、駕龍、驂鳳、乘天、景雲、煩名、列位、視日、臨目、閉氣、奔月、昇天、存日、飛龍、授屬、賜芝、受書、制嚴、流金、扶身、不見、不可（2）、入山、升玄（2）、延年（2）、修身、知道（2）

動補式（4個）

無不、遂入、待見、除滅

主謂式（7個）

筆傳、自陳、靈降、心盡、形逆（2）、身歿、身死

（3）副詞聯合式（1個）

初淺

2. 三音節名詞偏正式（1個）

九靈君

3. 四音節名詞偏正式（6個）

玉尊陛下、赤帝夫人、白帝夫人、黑帝夫人、黃帝夫人、五帝夫人

4. 五音節名詞偏正式（1個）

上皇大帝君

5. 六音節名詞偏正式（1個）

太上北極天尊

6. 七音節名詞偏正式（1 個）

中要太上三老君

第二節　中古法術類道經複音詞統計

本節主要是以圖表的方式來展現上述 6470 個複音詞的音節形式、出現的時代、所屬篇章的情況，以此而得出一些比較切實的結論。

一、圖表綜合統計

表 2-1　音節長度、詞性類別、結構類型時代分布

時代			東晉	東晉	東晉	南朝宋	南朝梁	南北朝	南北朝	唐前
篇名／詞的分類			太上正一咒鬼經	上清金真玉光八景飛經	元始五老赤書玉篇真文天書經	洞真太上太霄琅書	無上三元鎮宅靈籙	洞真太上太素玉籙	洞神八帝元變經	上清太一金闕玉璽金真記
雙音節	單純詞		1		4	5	1	2	4	
1	名詞	聯合式	89	24	115	38	93	17	228	22
		偏正式	213	522	845	425	302	115	306	143
		動賓式	6	13	21	22	14		19	5
		附加式		1	8	5	2	1	19	
		重疊式		4	2		1		2	
		主謂式		2					2	
	動詞	聯合式	58	44	91	60	109	18	133	28
		偏正式	83	54	159	129	46	21	99	28
		動賓式	78	101	266	134	158	19	150	68
		動補式	8	6	26	12	10	1	11	4
		主謂式	34	9	66	19	22		5	7
	形容詞	聯合式	4	5	18	7		2		
		偏正式			4	4				
		附加式			2	3		2	2	
	副詞	聯合式			1		1		2	1
		偏正式	2		5	2				
		重疊式	5		7	6	6			

三音節	名詞	偏正式	4	13	51	15	5	3	4	1
四音節	名詞	偏正式		30	88	56	1			6
五音節	名詞	偏正式		7	17	9				1
六音節	名詞	偏正式		3	7	3				1
七音節	名詞	偏正式		4	7					1
八音節	名詞	偏正式		3	2					
合計 6470			585	845	1812	954	771	201	986	316

表 2-2　詞性類別數量統計

		名詞	動詞	形容詞	副詞	合計
雙音節	單純詞	2	2	7	6	17
	聯合式	626	541	36	5	1208
	偏正式	2873	619	8	9	3509
	動賓式	98	974			1072
	重疊式	9			24	33
	附加式	36		9		45
	主謂式	4	162			166
	動補式		78			78
三音節	偏正式	96				96
四音節	偏正式	181				181
五音節	偏正式	34				34
六音節	偏正式	14				14
七音節	偏正式	12				12
八音節	偏正式	5				5
合計（%）		3990（61.65）	2376（36・72）	60（0.92）	44（0.68）	6470（100）

表 2-3　結構形式數量統計

		合	正	賓	疊	加	補	謂	合計
雙音節	單純詞 17								17
	名詞	626	2873	98	9	36		4	3646
	動詞	541	619	974			162	78	2374
	形容詞	36	8			9			53
	副詞	5	9		24				38

三音節	名詞		96						96
四音節	名詞		181						181
五音節	名詞		34						34
六音節	名詞		14						14
七音節	名詞		12						12
八音節	名詞		5						5
合計數據	17	1208	3851	1072	33	45	162	82	6470
（%）	0.26	18.7	59.5	16.5	0.51	0.70	2.5	1.27	100

表 2-4　音節數量統計

時代 / 篇 / 音節		東晉	東晉	東晉	南朝宋	南朝梁	南北朝	南北朝	唐前	統計	
		太上正一咒鬼經	上清金真玉光八景飛經	元始五老赤書玉篇真文天書經	洞真太上太霄琅書	無上三元鎮宅靈籙	洞真太上太素玉籙	洞神八帝元變經	上清太一金闕玉璽金真記	數據	%
雙音節		581	785	1640	871	765	198	982	306	6128	94.6
三音節		4	13	51	15	5	3	4	1	96	1.5
四音節			30	88	56	1			6	181	2.8
五音節			7	17	9				1	34	0.53
六音節			3	7	3				1	14	0.22
七音節			4	7					1	12	0.19
八音節			3	2						5	0.08
合計	數據	585	845	1812	954	771	201	986	316	6470	100
	%	9.0	13.05	28.00	14.74	11.91	3.11	15.75	4.9	100	

表 2-5　詞素義數量統計

			名詞	動詞	形容詞	副詞	合計（占比）	
單純詞		雙音	2	2	7	6	17（0.02）	
合成詞	雙音節	聯合式	626	541	36	5	1208	6111（94.44）
		偏正式	2873	619	8	9	3509	
		動賓式	98	974			1072	
		重疊式	9			24	33	

		附加式	36		9		45	
		主謂式	4	162			166	
		動補式		78			78	
	三音節	偏正式	96				96	
	四音節	偏正式	181				181	
	五音節	偏正式	34				34	
	六音節	偏正式	14				14	
	七音節	偏正式	12				12	
	八音節	偏正式	5				5	
合計（%）			3990 （61.65）	2367 （36・57）	60 （0.92）	44 （0.68）	6470 （100）	

二、數據綜合分析

從共時角度看複音詞出現的數量（詳見表 2-1），共 6470 個複音詞，其中東晉時期 3242 個（50.1%），南朝宋時期 954 個（10.1%），南朝梁時期 771 個（11.9%），南北朝時期 1187 個（18.34%），唐前時期 316 個（4.88%）。

（一）根據音節長度區分（詳見表 2-4），其中，雙音節詞 6128 個（94.7%），三音節詞 96 個（1.5%），四音節詞 181 個（2.8%），五音節詞 34 個（0.53%），六音節詞 14 個（0.22%），七音節詞 12 個（0.19%），八音節詞 5 個（0.08%）。

（二）根據詞法結構區分（詳見表 2-3），單純詞 17 個，合成詞 6111 個，其中，並列 1208 個，占 18.3%；偏正式 3509 個，占 54.2%；動賓式 1072 個，占 16.5%；重疊式 33 個，占 0.51%；附加式 45 個，占 0.7%；補充式 162 個，占 2.5%；主謂式 82 個，占 1.27%。

（三）根據詞性區分（詳見表 2-2），名詞 3990 個（61.65%），動詞 2376 個（36・72%），形容詞 60 個（0.92%），副詞 44 個（0.68%）。

（四）根據意義區分（詳見表 2-5），合成詞 6453 個，占複合詞的 99.73%，單純詞 17 個，占複合詞的 0.02%。

三、數量趨勢特點

（一）中古法術類道經複音詞中的詞性類別數量統計（詳見表 2-2）反映了詞性的分布狀態：名詞數量大於動詞，動詞數量大於形容詞，形容詞數量大於副詞。中古法術類道經複音詞詞性的分布狀態反映了該語料詞類發展

的規律：「首先是名詞占絕對優勢，繼而動詞逐漸接近名詞，形容詞繼續發展。」〔註1〕

（二）中古法術類道經複音詞的詞法結構類型數量（詳見表 2-3）反映了構詞法能產性的強弱狀態：偏正式數量大於聯合式，偏正式構詞法的能產性大於聯合式構詞法，中古法術類道經複音詞中偏正式的百分比最高，聯合式數量大於動賓式，動賓式數量大於主謂式，主謂式數量大於補充式，補充式數量大於附加式，附加式數量大於重疊式。可見，中古時期漢語複合詞的各類構詞法已經齊備了。

（三）中古法術類道經多音節複音詞的數量（詳見表 2-4）已相當豐富，在音節長度上以雙音節詞為主。中古時期複音詞以雙音節為主，並有多音化發展的趨勢，整體來看，雙音節多於四音節，四音節詞多於三音節，三音節多於五音節以上（六音節、七音節、八音節）。其中，三個以上多音節複音詞形式和意義單一，多為偏正式專有名詞。

（四）從語義上來看，合成詞大於單純詞，合成詞佔有絕對數量優勢，語法造詞大大超過語音造詞。

第三節　中古法術類道經複音詞的特點

漢語史專書或斷代類複音詞研究，學者主要運用歷時和共時相結合的方法，對其進行描寫：「在共時平面，或以解剖麻雀的方法把所研究專書中的複音詞視為該書所處時代的代表，探討該時代複音詞的構成情況，或通過比較的方式把自己所研究專書中的複音詞與同時代專書中對應的數據做比較，看該專書所處時代的詞彙複音化的程度以及當時漢語構詞法的狀況；以歷史發展的眼光，運用比較的方法，將該專書與以前或以後的專書相比較，看該專書所處時代的單音詞複音化的程度以及漢語構詞法的發展趨勢等等。」〔註2〕就此，本文將中古時期各類專書（分別對比非道藏類專書和道藏類專書）與中古法術類道經中的複音詞進行共時比較，期冀找出中古法術類道經複音詞

〔註1〕李仕春，從複音詞數據看中古漢語構詞法的發展〔J〕，寧夏大學學報（人文社會科學版），2007（5）：5。

〔註2〕艾紅娟，專書複音詞研究的回顧與展望〔J〕，齊魯學刊，2008（3）：1～2。

在該時期的位置和特點。

一、與中古時期非道藏類專書複音詞共時對比

本文以中古時期非道藏類專書複合詞統計數據和分析結論為基點，從共時的角度比較其差異。

表 2-6　中古時期非道藏類各專書複音詞的統計數據

	論衡〔註3〕	齊民要術〔註4〕	西京雜記〔註5〕	世說新語〔註6〕	幽明錄〔註7〕	平均占比
聯合式	1404 64%		401 31.4%	714 46.4%	534 42.96%	46.19%
偏正式	565 25.7%	958 43.58%	597 46.8%	556 36%	351 28.23%	36.1%
動賓式	52 2.4%		114 0.9%	43 2.8%	65 5.22%	2.83%
主謂式	14 0.6%		16 1.2%	15 0.9%	19 1.52%	1.06%
附加式	63 3%		15 1.1%	81 5.3%	118 9.49%	4.72%
補充式	101 4.6%		10 0.8%	15 0.9%	62 4.98%	2.82%
重疊式			8 0.62%	74〔註8〕 2.92%	20 1.61%	1.72%

〔註3〕胡運飆，從複音詞數據看詞彙複音化和構詞法的發展〔J〕，貴州文史叢刊，1997（2）：4。

〔註4〕史光輝，《齊民要術》偏正式複音詞初探〔J〕，廣播電視大學學報（哲學社會科學版），1999（1）：1。

〔註5〕陳琳，《西京雜記》複音詞研究〔J〕，企業家天地（下），2008（10）：1～2。

〔註6〕韓惠言，《世說新語》複音詞構詞方式初探〔J〕，固原師專學報，1990（1）：1。

〔註7〕鄧志強，《幽明錄》偏正式複音詞構成方式的縱向比較〔J〕，廣西社會科學，2005（11）：1。

〔註8〕李小平，《世說新語》重疊式複音詞構詞法淺探——兼論音節表義〔J〕，蘇州教育學院學報，2004（1）：1。

（一）複音詞在詞素性質和組合方式上的發展對比

「構詞方式基本完備；在複合詞構詞法中，中古時期與上古漢語時期最大的不同就是聯合式構詞法最為能產，這是漢語史上的一大特色。」〔註9〕

1. 構詞形式

（1）聯合式和偏正式

作為主要構詞形式，聯合與偏正式的比較可以更好地反映出詞彙的發展規律和趨勢。本統計資料當中，中古時期非道藏類專書中主要是「聯合式構詞法的能產性大於偏正式構詞法，並且兩者在能產性上的差異非常顯著，這是中古漢語構法最為突出的特色之一。」〔註10〕聯合式的平均百分比是 46.19%，偏正式的平均百分比是 36.1%。

聯合式內部的語義構成類型基本未變，語法構成類型較複雜；偏正式內部的語法構成和語義構成都複雜了。

而在中古法術類複音詞中，聯合式 1208 個，占 18.3%；偏正式 3509 個，占 54.2%；偏正式遠遠大於聯合式。

（2）動賓式

中古時期非道藏類專書中動賓式的平均百分比是 2.83%。與上古漢語相比，動賓式複合詞的能產性在中古時期有所提高。

在中古法術類道經中，動賓式 1072 個，占 16.5%；與中古整體時期相比，能產性提高較大，對比非道藏中古時期各類專書複音詞的 2.83%，多了約 14 個百分點。

（3）補充式

中古時期非道藏類專書中補充式的平均百分比是 2.82%，補充式複合詞在中古時期已經產生，其能產性不是很高。

中古法術類道經中複音詞，補充式 162 個，占 2.5%；與 2.82%相比，增長不大，基本符合中古補充式整體特點。

〔註9〕李仕春，從複音詞數據看近代漢語構詞法的發展〔J〕，寧夏大學學報（人文社會科學版），2011（1）：1～2。

〔註10〕李仕春，從複音詞數據看中古漢語構詞法的發展〔J〕，寧夏大學學報（人文社會科學版），2007（5）：5。

（4）主謂式

中古時期非道藏類專書主謂式的平均百分比是 1.06%，主謂式的能產性在中古時期沒有表現出明顯的增強趨勢，中古法術類道經中複音詞主謂式 82 個，占 1.27%。

與整體中古時期的 1.06%相比，增長不大，基本符合整體中古補充式整體特點。

（5）附加式

中古時期非道藏類專書附加式的平均百分比是 4.72%。附加式複合詞的能產性在中古時期持續降低。

中古法術類道經複音詞中，附加式 45 個，占 0.7%；與中古時期整體的附加式 4.72%相比，能產性相對略降低。

（6）重疊式

中古時期非道藏類專書重疊式的平均百分比是 1.72%。

中古法術類道經中複音詞的重疊式 33 個，占 0.51%；基本與中古時期整體 1.72%相比，略有下降。

2. 複音詞詞類的發展趨勢：

中古時期名詞、動詞、形容詞之間的比例是 55.9：26.0：16.8〔註 11〕，「在中古時期名詞的增長速度小於上古時期，動詞、形容詞的增長速度大於上古時期。」〔註 12〕

在中古法術類道經複音詞中，名詞 3990 個（61.65%），動詞 2376 個（36.72%），形容詞 60 個（0.92%），比例是 61.65：36・72：0.92，動詞的增長速度比較快。

（二）與中古時期非道藏類專書複音詞共時異同比較

根據上述統計數據的比照分析，可以看出中古法術類道經複音詞在中古漢語複音詞內部構成的地位。

〔註 11〕李仕春，從複音詞數據看中古漢語構詞法的發展〔J〕，寧夏大學學報（人文社會科學版），2007（5）：5。

〔註 12〕李仕春，從複音詞數據看中古漢語構詞法的發展〔J〕，寧夏大學學報（人文社會科學版），2007（5）：5。

1. 相同之處

中古法術類道經複音詞完全具有中古漢語複音詞普遍的特點：

（1）在數量上已相當豐富；

（2）在音節上以雙音節為主；

（3）在構詞方式上以聯合式和偏正式為主；

（4）在詞性上以名詞為主；

2. 不同之處

中古法術類道經複音詞與前期複音詞相比，有二點不同，即：

（1）中古時期，「在複合詞構詞法中，中古時期與上古漢語時期最大的不同就是聯合式構詞法最為能產，這是漢語史上的一大特色。」〔註13〕

而從之前我們統計的數據中看到，中古法術類道經複音詞偏正式能產性突出，超過了並列式，偏正式出現在語言中概率極大。這是與中古漢語史上的一大特色「在複合詞構詞中，中古時期聯合式構詞法最為高產」〔註14〕相反的。

（2）在音節數量上，一般中古時期漢語複音詞是雙音詞最多，三音節次之、四音節以上依次遞減，而在中古法術類道經複音詞中，四音節數量大於三音節。

二、與中古時期道藏類專書複音詞共時對比

本文以中古時期道藏類專書複合詞統計數據和分析結論為基點，從共時的角度比較其差異。

（一）複音詞在組合方式上的對比

截取中古時期道藏各類專書的複音詞的統計數據，在有效的範圍內進行共時比較，可以進一步分析中古法術類道經複音詞的發展差異和趨勢特點。

〔註13〕李麗，《南史》複音詞研究〔D〕:〔碩士學位論文〕，長沙：中南大學，2010。

〔註14〕曹君，中古漢語專書複音詞研究綜述〔J〕，濟源職業技術學院學報，2008（4）：1～2。

表 2-7　中古時期道藏專書複音詞的統計數據

	周氏冥通記〔註 15〕	搜神記〔註 16〕	搜神後記〔註 17〕	神仙傳〔註 18〕	真誥〔註 19〕	抱朴子〔註 20〕	劉子	平均占比
聯合式	717 27.28%	845 41.95%	360 34.28%		769 42.94%	1721〔註 21〕 31.8%	548 37.13%	35.89%
偏正式	1138 43.3%	879 43.59%	343 32.86%	324 28.7%	648 36.18%	2285〔註 22〕 42.2%	586 39.7%	38.08%
動賓式	196 7.46%	112 5.55%	94 8.95%		169 9.44%	760 14%	247 16.73%	10.36%
主謂式	54 2.05%	37 1.83%	38 3.62%		18 1%	75 1.3%	2 0.14%	1.66%
附加式	35 1.33%	46 2.28%	77 7.33%		34 1.72%	115 2.1%	18 1.22%	2.66%
補充式	19 0.72%	10 0.5%	78 7.43%		14 0.78%	44 0.8%	10 0.68%	1.82%
重疊式	28 1.07%	40 1.98%	16 1.52%		72 4%	92 1.6%		2.03%

1. 構詞形式

（1）聯合式和偏正式的發展對比

中古時期道藏類專書複音詞中聯合式的平均百分比是 35.89%，偏正式的

〔註 15〕李浩，《周氏冥通記》詞彙研究〔D〕:〔碩士學位論文〕，重慶：重慶大學，2017。

〔註 16〕李偉，《搜神記》複音詞研究〔D〕:〔碩士學位論文〕，長春：東北師範大學，2010。

〔註 17〕王毅力，《搜神後記》複音詞的構詞方式初探〔J〕，和田師範專科學校學報（漢文綜合版），2007（1）：1～3。

〔註 18〕張琳，《神仙傳》偏正式複音詞語義構成研究〔J〕，安徽文學（下），2009（12）：1～3。

〔註 19〕劉豔娟，《真誥》複音詞研究〔D〕:〔碩士學位論文〕，長沙：湖南師範大學，2014。

〔註 20〕董玉芝，《抱朴子》複音詞構詞方式初探〔J〕，古漢語研究，1994（4）：1～3。

〔註 21〕董玉芝，《抱朴子》聯合式複音詞研究〔J〕，新疆教育學院學報漢文綜合版，1994（1）：1～3。

〔註 22〕董玉芝，《抱朴子》偏正式複音詞研究〔J〕，新疆教育學院學報漢文綜合版，1995（4）：1～3。

平均百分比是 38.08%，「聯合式內部的語義構成類型基本未變，語法構成類型較複雜；偏正式內部的語法構成和語義構成都複雜了。」〔註 23〕聯合式和偏正式比例基本相同。

而在中古法術類專書複音詞中，聯合式 1208 個，占 18.3%；偏正式 3509 個，占 54.2%；偏正式遠遠大於聯合式。

（2）動賓式

中古時期非道藏類專書中動賓式的平均百分比是 10.36%。在中古法術類道經中，動賓式 1072 個，占 16.5%；與中古整體時期相比，能產性提高較大，對比中古整體 10.36%，多了 6 個百分點。

（3）補充式

中古時期道藏類專書補充式的平均百分比是 1.82%。補充式複合詞在中古時期已經產生，其能產性不是很高。

中古法術類道經中複音詞，補充式 162 個，占 2.5%；與 1.82%相比，變化不大，基本符合中古補充式整體特點。

（4）主謂式

中古道藏專書複音詞中主謂式的平均百分比是 1.66%，主謂式的能產性在中古時期沒有表現出明顯的增強趨勢。

中古法術類道經中複音詞，主謂式 82 個，占 1.27%。與整體中古時期的 1.66%相比，增長不大，基本符合中古補充式整體特點。

（5）附加式

中古道藏專書複音詞中附加式的平均百分比是 2.66%。附加式複合詞的能產性在中古時期持續降低，中古法術類道經複音詞中，附加式 45 個，占 0.7%；與中古時期整體的附加式 2.95%相比，能產性相對略降低。

（6）重疊式

中古道藏專書複音詞中重疊式的平均百分比是 2.03%，中古法術類道經中複音詞的重疊式 33 個，占 0.51%；與中古時期整體相比，產能下降。

〔註 23〕李仕春，從複音詞數據看中古漢語構詞法的發展〔J〕，寧夏大學學報（人文社會科學版），2007（5）：4。

2. 詞類的發展趨勢對比

中古道藏專書複音詞中名詞、動詞、形容詞之間的比例是 55.9：26.0：16.8〔註 24〕，在中古法術類道經複音詞中，名詞 3990 個（61.65%），動詞 2376 個（36.72%），形容詞 60 個（0.92%），比例是 61.65：36.72：0.92，動詞的增長速度比較快。

（二）與中古時期道藏類專書複音詞共時異同的比較

本文以中古時期道藏類專書複合詞統計數據和分析結論為基點，從共時的角度比較其異同。

1. 相同之處，即其完全具有中古道經專書複音詞普遍的特點：

（1）複音詞數量已相當豐富，在音節長度上以雙音節詞為主；

（2）在構詞方式上以並列式和偏正式為主；

（3）在詞性上以名詞為主；

（4）動詞的增長速度比較快；

（5）動賓式構詞法有所發展，能產性提高；

（6）補充式構詞法變化不大，基本符合整體中古補充式整體特點；

（7）附加式構詞法的能產性在持續降低；

（8）主謂式的能產性不高、增長不大，沒有表現出明顯的增強趨勢；

（9）重疊式構詞法的平均百分比不高，產能下降。

2. 不同之處：

中古法術類道經中的複音詞與中古道藏各類專書中的複音詞相比，有一點不同，即：

中古法術類道經複音詞中偏正式占比遠遠大於聯合式。中古道藏專書複音詞中聯合式的平均百分比是 35.89%，偏正式的平均百分比是 38.08%，聯合式和偏正式比例基本相同。而在中古法術類複音詞中，聯合式 1208 個，占 18.3%；偏正式 3509 個，占 54.2%；偏正式占比遠遠大於聯合式。

三、成因分析

通過與中古時期道藏、非道藏類專書複音詞共時對比的分析，可以看出，

〔註 24〕李仕春，從複音詞數據看中古漢語構詞法的發展〔J〕，寧夏大學學報（人文社會科學版），2007（5）：5。

中古法術類道經複音詞主要有兩點不同，一是偏正式構詞法高產；二是四音節數量大於三音節。下面進一步從內外兩方面來分析產生差異的原因。

（一）差異產生的內因

基於以上兩點的不同，分別分析差異產生的內部原因。

1. 偏正式構詞法高產的原因

根據筆者統計的數據，聯合式複音詞 1208 個，占 18.3%；偏正式 3509 個，占 54.2%；中古法術類道經偏正式複音詞超過了並列式複音詞。

在中古時期，漢語中並列雙音詞佔優勢的情況下，法術類道經中偏正式複音詞超過並列式結構的數量，有其內在的原因。

通過語言表達（修辭角度）、偏義在什麼地方（「詞素義」構成關係）兩個方面的特點，可以說明偏正式複音詞大量超過並列式複音詞的原因。

（1）隱喻手法、類比思維等修辭表達特點促進了偏正式構詞數量的發展

從修辭的角度來觀察：偏正式複音詞的形成大都使用了隱喻。袁暉曾指出〔註 25〕：「這類詞後一個詞素為比喻物，表示事物的形象特徵，前一詞素是比喻物，表示的是事物本身」〔註 26〕，「每種詞語的生存發展自有一定的原因。」〔註 27〕

偏正式構詞法結構具有經濟性，符合複音詞產生動因的經濟性原則。偏正結構的複合名詞通常通過事物的某個方面的某個特徵來把握整體，以局部把握整體，通過這樣的一種視角來認識萬物，突出事物的特性。

（2）「詞素義」構成關係的豐富性、靈活性，促使偏正式複音詞數量增多

複音詞由一個或多個不同的詞素構成，對於多個詞素而言，每個詞素不僅有不同的意義，還有不同的性質，從詞素的性質角度分析構詞，可以對不同性質詞素的構詞能力、構詞特點做全面地把握。

從詞語的構詞能力來看，偏正式中「名詞＋名詞」的結構能產性最高。偏正式複音詞兩詞素之間的語義關係，有修飾限制性關係、補充說明性關係兩種。形容詞詞素、副詞詞素使用率佔據首位。

〔註 25〕袁暉，宗廷虎，漢語修辭學史〔M〕，合肥：安徽教育出版社，1990：10。

〔註 26〕殷曉瑩，一種特殊的偏正式構詞現象〔J〕，漢字文化，2018（9）：1。

〔註 27〕殷曉瑩，一種特殊的偏正式構詞現象〔J〕，漢字文化，2018（9）：1。

「詞素義」構成關係更為豐富、靈活〔註 28〕。語義構成方面，正詞素和偏詞素所包含的意義都有了新的發展，大多數詞語都屬於對道教事物的概念或性質的界定類，還有一類特殊的詞語是對道經專名稱呼的表述。

2. 四音節數量大於三音節特點的原因

中古法術類道經複音詞中四音節複音詞數量大於三音節複音詞正是道經語言四字一頓地文法特點的表現，同時，也體現了複音詞產生動因的韻律要求原則。

（1）南北朝時期的文人，注重追求形式美，在句法講求對偶，辭賦、駢文對偶和駢四儷六的追求導致辭賦、駢文中越來越多的句子被壓縮成四音節結構，經過長期的流傳、固化，導致了四音節結構的增加。

（2）佛教在魏晉南北朝時期盛極一時，當時為了便於記誦，佛經的翻譯和佛經語錄的記載，多採用四音節結構，由此對漢語的四音節結構的發展產生了重要的影響。

另外，「從語言內部上講，很多學者認為漢語四音節結構的發展和漢語的雙音化的發展有著密切的關係。」〔註 29〕

例如徐通鏘曾指出：「早期的四字格是在聯綿字的基礎上再由 2 分化為 4，初期它與聯綿字類似，每個字只代表一個音節，本身無義，而後以此為基礎，實義字利用這種結構格式以義代音形成漢語特殊的四字格。」〔註 30〕

（二）差異產生的外因

關於中古法術類道經偏正式複音詞高產的現象，符合複音詞產生動因的模仿性原則。

中古法術類道經語料的年代跨度為東晉—南北朝—唐前，這一時期，社會和經濟跌宕起伏，外族文化、外來語（佛教詞彙）、方言詞的吸收式調整。表現在語言詞彙上，中古法術類道經的道教語言也吸收借鑒了外族文化、外來語（佛教詞彙）。

〔註 28〕藺偉寧，漢語偏正式構詞的認知語義研究〔D〕:〔碩士學位論文〕，寧波：寧波大學，2017。

〔註 29〕王天虹，獨特的漢語四字格形式發展探析〔J〕，北京勞動保障職業學院學報，2007（1）：3。

〔註 30〕李景生，目前店名「四字格」增勢的文化透視〔J〕，畢節學院學報，2010（11）：2。

方言詞與佛教、道教語言的融合交互也大大增強。體現了複音化動因的外來語說、文化動因說和外因說。

中古道經複音詞正是符合了吸收、開放、發展的規律，因此，在中古時期才出現了偏正式構詞法構詞優勢突出，超過了聯合式的現象。

第四節　中古法術類道經詞語語義分類

中古時期法術類道藏典籍中的詞彙從語義上可以分為；關於仙道神魔人物的詞彙；關於法術類功法、動作、活動的詞彙；關於法術類空間、功景、功態的詞彙；關於法術類法器、物品的詞彙；關於法術類教義、理旨的詞彙。以下就各類舉例。

一、關於仙、道、神、魔、人物

【元君】

> 元君諱字當讀是經，有諸高大廣長鬼神苦撓天下，暴酷百姓，鬼神行病，鬼神行疫，鬼神行炁。〔註31〕（《太上正一咒鬼經》）

按：「元」是「君」的領有者。道教語。女子成仙者之美稱。唐呂岩《七言》詩之四九：「紫詔隨鸞下玉京，元君相命會三清。」

【仙王】

> 玉清領仙王功曹僕射使者，百二十人出。〔註32〕（《洞真太上太霄琅書》）

按：「仙」是「王」的領有者。「仙」，神仙。

【五老】

> 元始五老靈寶官號。〔註33〕（《元始五老赤書玉篇真文天書經》）

按：五老，神話傳說中的五星之精。《竹書紀年》卷上：「率舜等升首山，遵河渚，有五老遊焉，蓋五星之精也。」此類詞中，修飾詞素多為數詞，而被

〔註31〕《正統道藏》正一部（4部）：368。

〔註32〕《正統道藏》上清經部（1部）：54。

〔註33〕《正統道藏》洞真部（1部）：800。

修飾詞素大多是可以計算數量的事物性詞。

【玉晨】

命金華之女、玉晨之童各三千人。〔註34〕(《上清金真玉光八景飛經》)

按：仙人之號。南朝梁・陶弘景《真靈位業圖》:「第二中位，上清高聖太上玉晨玄皇大道君，為萬道之主。」唐趙嘏《贈五老韓尊師》詩:「有客齋心事玉晨，對山鬚鬢綠無塵。」

【天魔】

真不為降，天魔犯身。〔註35〕(《上清金真玉光八景飛經》)

按：指天上的魔怪。《雲笈七籤》卷四:「有經無符，則天魔害人。」

【鬼精】

其下十六字，主攝北帝，正天氣，檢鬼精。〔註36〕(《元始五老赤書玉篇真文天書經》)

百毒凶害不祥之氣，魔邪魍魎變異之象，並使制之，使萬殃兵災鬼精不泄，永保兆之無為矣。〔註37〕(《無上三元鎮宅靈籙》)

按：鬼怪和精靈。《漢語大詞典》收錄的義項為：狡猾；精明。元秦簡夫《東堂老》第二折:「你便有那降魔咒，度人經，也出不的這廝們鬼精。」

二、關於法術類功法、動作、活動

【行廚】

坐致行廚、龍車羽蓋，靈童玉女、天下眾精，皆來走使，無問不知，無求不得。〔註38〕(《洞真太上太素玉籙》)

按:「行廚」是一種修行法術，修煉到位可以隔空取物之類，「行廚」為

〔註34〕《正統道藏》正一部(4部):56。

〔註35〕《正統道藏》正一部(4部):55。

〔註36〕《正統道藏》洞真部(1部):733。

〔註37〕《正統道藏》洞神部(1部):689。

〔註38〕《正統道藏》正一部(4部):582。

能讓鬼神致食，召鬼使精。謂出遊時攜帶酒食；亦謂傳送酒食。北周庾信《詠畫屏風詩》之十七：「行廚半路待，載妓一雙迴。」唐陳子昂《為建安王獻食表》：「伏知金鷄瑞鼎，盈上帝之珍羞；玉女行廚，盡羣仙之品味。」

【上章】

三日一笞，五日一榜，門丞捉縛，玉女掠，吾吏受辭，灶君上章，某甲無罪過，不得病賢良。〔註 39〕（《太上正一咒鬼經》）

按：「章」是受事，「上章」：道士上表求神。

【昇天】

天師曰，欲行道法，欲治身修行，欲救療病苦，欲求年命延長，欲求過渡災厄，欲求白日昇天。〔註 40〕（《太上正一咒鬼經》）

按：「天」為受事，「昇天」：上陞於天界。三國魏曹植《當牆欲高行》：「龍欲昇天須浮雲，人之仕進待中人。」

【生道】

萬人之中，無有一人慾求生道者乎。〔註 41〕（《太上正一咒鬼經》）

按：「生道」升起道心，修行求道，動賓式動詞。

【破邪】

先代咎殃，及咒殺屍，破邪故炁，留殃妖魅。〔註 42〕（《太上正一咒鬼經》）

按：「破邪」指的是破亂邪惡。《漢語大詞典》釋義為：破除邪惡。唐李商隱《上河東公啟》之二：「爰記亨塗，風聞妙喻，雖縱幕府，常在道場。猶恨出俗情微，破邪功少。」可見該詞從東晉的聯合式名詞變為動賓式動詞的發展變化。

【造景】

玄景上靈，驂宴八炁，造景九玄，翱翔無外，回真下降，解我

〔註 39〕《正統道藏》正一部（4 部）：367。

〔註 40〕《正統道藏》正一部（4 部）：368。

〔註 41〕《正統道藏》正一部（4 部）：368。

〔註 42〕《正統道藏》正一部（4 部）：369。

宿滯，蔭以飛雲，覆以紫蓋，得乘八景，上升霄際。畢，仰咽八炁止。〔註 43〕（《上清金真玉光八景飛經》）

按：「造景」這裡是指到、去觀看。《漢語大詞典》收錄的義項為：描寫景色。清陳田《明詩紀事戊籤．皇甫濂》：「水部詩意玄詞雅，律細調清，長於造景，務在幽絕。」

【入寂】

是時七真存真，具相十觀，金元飛景入寂，玄朝天尊於無無無上上上大寂上妙，稽首作禮。〔註 44〕（《無上三元鎮宅靈籙》）

按：「入寂」，這裡是指進入玄境、仙境。佛教謂寂滅常靜之道。《漢語大詞典》收錄的義項為：猶圓寂。舊稱佛教僧尼之死。宋蘇軾《請淨慈法湧禪師入都疏》：「京師禪學之盛，發於本秀二公。本既還山，秀復入寂。」

【煞鬼】

依咒斬殺野道之氣，誅邪滅偽，太上之制，煞鬼生民，大道正法，割給吏兵。〔註 45〕（《太上正一咒鬼經》）

按：這裡是破煞制鬼的意思。為動賓式動詞。《漢語大詞典》收錄的義項為：惡鬼。為偏正式名詞。

【登晨】

九年精感，白日登晨。〔註 46〕（《上清金真玉光八景飛經》）

按：升登玉宸。道教謂飛昇到三清界。《雲笈七籤》卷三十：「玉華引日，太一併形，千乘萬騎，舉身登晨，白日昇天。」

【拔度】

八道望玄霞，七轉緯天經。混合帝一真，拔度七祖程。〔註 47〕（《上清金真玉光八景飛經》）

〔註 43〕《正統道藏》正一部（4 部）：62。

〔註 44〕《正統道藏》洞神部（1 部）：678。

〔註 45〕《正統道藏》正一部（4 部）：369。

〔註 46〕《正統道藏》正一部（4 部）：63。

〔註 47〕《正統道藏》正一部（4 部）：64。

按：「拔度」亦作拔渡。超度；拯救。

《漢語大詞典》宋洪邁《夷堅丁志・詹小哥》：「母兄失聲哭，亟呼僧誦經拔度，無復望其歸。」

「拔」：拯救；解救。「度」，同渡，引申為由此地、此時轉移到彼地、彼時。漢張衡《思玄賦》：「願得遠渡以自娛，上下無常窮六區。」「拔」與「度」相近詞素結合成詞。

三、關於法術類空間、功景、功態

【洞陽】

元始煉之於洞陽之館，治之於流火之庭，鮮其正文，瑩發光芒，洞陽氣赤，故號赤書。〔註48〕（《元始五老赤書玉篇真文天書經》）

按：「洞陽」為人間，洞為下義詞，為世間，陽為上義詞。陽指人世。清東軒主人《述異記・農夫附屍》：「冥中以我陽壽未盡，即令回陽。」「洞陽」道教語。猶人間。前蜀杜光庭《白可球明真齋贊老君詞》：「臣九玄幽爽，七祖魂神，出長夜之庭，昇洞陽之館。」

【朏亹】

置燈在術人鋪南壁下，燈炷小大如簪細頭，又以絹籠之，才使朏亹，類似白夜，不假分明，即鬼神不安，暗即人眼不見。〔註49〕（《洞神八帝元變經》）

按：「朏」的聲韻屬於中古時期的滂母尾韻，「亹」的聲韻屬於中古時期明母尾韻，「朏亹」均屬於尾韻。

「朏」，微明貌。《書・畢命》「六月庚午朏」唐孔穎達疏：「六月三日庚午，月光朏然而明也。」南朝宋宗炳《明佛論》：「今有明鏡於斯，紛穢集之，微則其照藹然，積則其照朏然，彌厚則照而昧矣。」「亹」，美。「朏亹」為朦朧。

【溟涬】

以天地未凝，三景未明，結自然而生於空洞之內，溟涬之中，

〔註48〕《正統道藏》洞真部（1部）：573。

〔註49〕《正統道藏》正一部（4部）：395。

歷九萬劫而分炁各治，置立九天。〔註50〕（《洞真太上太霄琅書》）

按：「溟」的聲韻在中古時期屬於明母青韻，「涬」的聲韻在中古時期屬於匣母迥韻。青韻與迴韻，屬於通押。

「溟涬」，自然混沌之氣。成玄英疏：「溟涬，自然之氣也。茫蕩身心大同，自然合體也。」

【太霄】

不驕樂天王太霄琅書瓊文第五。〔註51〕（《洞真太上太霄琅書》）

按：天空極高處。

【太真】

太真元始天王啟之於空玄之上。〔註52〕（《上清金真玉光八景飛經》）

按：原始混沌之氣。《文選》傅毅《舞賦》（南朝梁）：「啟太真之否隔兮，超遺物而度俗。」李善注：「太真，太極真氣也。」

【玉清】

上游玉清，下治太玄。〔註53〕（《上清金真玉光八景飛經》）

按：道家三清境之一，為元始天尊所居。亦以代稱元始天尊。

【玉虛】

各返玉虛之館，豁若靈風之運炁。〔註54〕（《上清金真玉光八景飛經》）

按：此為仙宮義，仙宮、道教稱玉帝的居處。

【玄光】

按：天光、神光。《易・坤》：「天玄而地黃。」孔穎達疏：「天色玄，地色黃。」後因以玄指天。劉良注：「玄，天也；黃，地也。」首例是「三天真生神

〔註50〕《正統道藏》上清經部（1部）：582。

〔註51〕《正統道藏》上清經部（1部）：646。

〔註52〕《正統道藏》正一部（4部）：57。

〔註53〕《正統道藏》正一部（4部）：56。

〔註54〕《正統道藏》正一部（4部）：61。

符，出元始通景玄光氣後赤書五劫，見於玄都玉京上館。」〔註 55〕（《元始五老赤書玉篇真文天書經》）

《漢語大詞典》收錄的義項為：內在的、天賦的穎慧。

【紫清】

流映紫清，曆運御氣。〔註 56〕（《上清金真玉光八景飛經》）

按：指天上。謂神仙居所。唐李白《春日行》：「深宮高樓入紫清，金作蛟龍盤繡楹。」

【三色】

手握三天三色神金制魔三煞靈節，乘防非之獸。〔註 57〕（《無上三元鎮宅靈籙》）

按：三種顏色的意思。三天三色，道教稱清微天、禹餘天、大赤天為三天。《漢武帝內傳》：「是三天上元之官，統領十萬。」《海內十洲記．方丈洲》：「方丈洲在東海中心……有金玉琉璃之宮，三天司命所治之處。」

【玉髓】

若有玄圖帝簡，綠字紫書，金骨玉髓，名書青宮，九天自當遣四極真人，下授兆身瓊文帝章也。〔註 58〕（《洞真太上太霄琅書》）

按：如玉的脊髓，道家修煉達到的一種成仙般的程度。《漢語大詞典》收錄的義項為：潔白如玉的脂髓。

【四元】

此四元豁落太白星精符。兆欲行道求仙，當以雌黃書白素，佩身。〔註 59〕（《上清金真玉光八景飛經》）

按：「四元」：四天，《廣雅．釋言》：「元，天也」。《漢語大詞典》收錄的義項為：數學名詞。相當於現代代數的多元式。

〔註 55〕《正統道藏》洞真部（1 部）：733。

〔註 56〕《正統道藏》正一部（4 部）：62。

〔註 57〕《正統道藏》洞神部（1 部）：766。

〔註 58〕《正統道藏》上清經部（1 部）：647。

〔註 59〕《正統道藏》正一部（4 部）：57。

【明石】

其精始生，上號明石七炁之天，中為太白，下為華陰山。」「大哉靈寶，明石長生，由七炁之娱。〔註60〕（《元始五老赤書玉篇真文天書經》）

按：如日月星光般明亮的石頭，以指代太陽。光明；明亮。《漢語大詞典》收錄的義項為：明礬。

【元臺】

《東方青帝靈寶赤書玉篇》，上二十四字，書九天元臺，主召九天上帝校神仙圖錄。〔註61〕（《元始五老赤書玉篇真文天書經》）

按：這裡的「元臺」是指天台，《廣雅・釋言》：「元，天也。」

《漢語大詞典》收錄的義項為：指三臺星中的上階二星。三臺六星兩兩而居。其上階二星，上星象徵天子，下星象徵女主；又稱天柱星，象徵三公之位。見《晉書・天文志》。故以元臺喻天子、女主或首輔。所以，元臺可以看作是由元替換天而產生的新詞。

【中田】

攜契七映房，金羅煥中田。〔註62〕（《洞真太上太霄琅書》）

按：這裡的「中田」是指中丹田，道教稱人體有三丹田：在兩眉間者為上丹田，在心下者為中丹田，在臍下者為下丹田。

「田中」，本義就是田地正中，《詩・小雅・信南山》：「中田有廬，疆埸有瓜。」鄭玄箋：「中田，田中也。」三國魏曹植《豫章行》之一：「虞舜不逢堯，耕耘處中田。」由本義的田地當中，通過聯想人身為田，以田引申指人身，人身正當中的位置，引申為中田之新義。

【青牙】

大哉靈寶，青牙長存，由始老九炁之功。〔註63〕（《元始五老赤書玉篇真文天書經》）

〔註60〕《正統道藏》洞真部（1部）：733。

〔註61〕《正統道藏》洞真部（1部）：733。

〔註62〕《正統道藏》上清經部（1部）：646。

〔註63〕《正統道藏》洞真部（1部）：733。

按：這裡的「青牙」，指青氣；青光。

「牙」通「芽」。植物的幼芽。北魏賈思勰《齊民要術・種韭》：「以銅鐺盛水，於火上微煮韭子，須臾牙生者好。」

以「芽」比喻氣、光的神韻，青牙通青芽，以「青芽」來聯想比喻青氣、青光發散的形狀、萌芽的氣勢。由此引申出青牙一詞的青氣、青光之義。例如《雲笈七籤》卷二五：「天光交加，精流東方……青牙垂暉，映照九方。」

四、關於法術類法器、物品

【金章】

> 金章同出於九玄之先，目其上篇而四時名焉。〔註64〕（《上清金真玉光八景飛經》）

按：這裡「金章」是指道經、金文。

【玉文】

> 侍衛玉文，玉妃典香。〔註65〕（《上清金真玉光八景飛經》）

按：玉版上的文字或用作文字的美稱。

【玉章】

> 足躡九色之履，手執度命保生玉章。〔註66〕（《上清金真玉光八景飛經》）

按：指道經之義。宋李仲光《武夷紫岩峰》詩：「琅琅誦玉章，勉力探希夷。」由於該詞所有義項首例皆晚於中古法術類道經，又因該詞最早出現的詞義在中古法術類道經中被使用，所以其首例應引中古法術類道經，且該詞可視為產生於中古法術類道經中的新詞。

【琅書】

> 於空洞之上，玄虛之中，以《太霄琅書瓊文帝章》，降授於君。〔註67〕（《洞真太上太霄琅書》）

〔註64〕《正統道藏》正一部（4部）：59。

〔註65〕《正統道藏》正一部（4部）：60。

〔註66〕《正統道藏》正一部（4部）：647。

〔註67〕《正統道藏》上清經部（1部）：648。

按：道家之書的美稱。

【命素】

按：白絹、白紙等法事用品。「變怪，妖異猖亡，客鬼招引群凶，恒為天人作諸禍祟者，則應依正法，齎命米命彩命素錢等，詣法師封於靈籙也。」〔註 68〕（《無上三元鎮宅靈錄》）

《漢語大詞典》收錄的是相近義項：展紙作畫寫作。「素」，白絹，指紙。南朝陳姚最《續畫品・蕭賁》：「含毫命素，動必依真。」

【命彩】

> 變怪，妖異猖亡，客鬼招引群凶，恒為天人作諸禍祟者，則應依正法，齎命米命彩命素錢等，詣法師封於靈籙也。〔註 69〕（《無上三元鎮宅靈錄》）

按：彩帛、彩色飾物。《漢語大詞典》收錄的義項為：猶好運。元無名氏《來生債》第三折：「這便是風送王勃赴洪都的命彩。」

五、關於法術類教義、理旨

【金真】

> 金真策五行以招魂，御谿落以威靈。〔註 70〕（《上清金真玉光八景飛經》）

按：猶真詮。指道教教義。《雲笈七籤》（宋）卷五三：「啟以光明，授以金真。」

〔註 68〕《正統道藏》洞神部（1 部）：677。

〔註 69〕《正統道藏》洞神部（1 部）：678。

〔註 70〕《正統道藏》正一部（4 部）：63。

第三章　中古法術類道經複音詞構詞

研究中古法術類道經複音詞的構詞方式，一是語法構詞。按照聯合式、偏正式、支配式、動補式、表述式、附加式六種結構，根據詞素意義關係、詞素詞性兩個維度分析；二是語音構詞。闡釋聯綿和重疊式構詞現象。並進行構詞方式的對比，與上古子書類、前期道經類複音詞，近代專書類複音詞構詞進行歷時比較。以此探討其差異及發展趨勢。

第一節　中古法術類道經複音詞語法構詞

中古法術類道經 6470 個複音詞，分為聯合式、偏正式、支配式、補充式、表述式、附加式等六種結構方式，其中大部分複音詞都是雙音詞，也有道教仙人、仙官人稱等專稱的三音及三音以上詞，本文暫不做研究。只將重點放在完整地描寫中古法術類道經複音詞語法造詞的全貌上，力爭探索出一些規律性的認識。

一、聯合式構詞

聯合式複音詞，通常是指兩個詞素的語義和語法功能是平列關係的複音詞。聯合式複音詞從語義的角度分析，可以按照構詞的兩個詞素義在詞語中的關係分為相同、相類詞素義聯合和相反詞素義聯合。

（一）相同詞素義聯合構詞

相同詞素義聯合（包含等義關係聯合），即相同（或相等）意義的兩個組成成分的構成一個新詞。

程湘清曾指出：「所謂相同意義的聯合，主要是指構成複音詞兩個詞素的基本意義是相同的，至於附屬意義……則存在細微的差別。」〔註1〕也就是說，這類構詞方式應該是指複音詞中兩個詞素的某個義項相同或是相近。

1. 同義（或等義）詞素關係聯合構詞

兩個詞素義相同（或相等）聯合成複音詞。

【元始】

> 九天丈人受太空靈都金真玉光於元始天王，名之八景飛經，廣生太真名之八素上經〔註2〕。（《上清金真玉光八景飛經》）

按：故「元」與「始」同義。「元」，開始、起端。《易・乾》：「乾，元亨利貞。」孔穎達疏：「子夏傳云，元，始也。」《公羊傳・隱公元年》：「元年者何？君之始年也。」徐彥疏：「《春秋說》云，元者，端也。」三國魏何晏《景福殿賦》：「武創元基，文集大命。」南朝梁劉勰《文心雕龍・原道》：「人文之元，肇自太極。」

「始」，開始、開端。《易・乾》：「大哉乾元，萬物資始。」《詩・豳風・七月》：「亟其乘屋，其始播百穀。」

「元」本義是頭顱，後引申為開始，「元」和「始」為同義詞素，具有開始、起始義，二者成詞後亦為開始、起始義。

【立成】

> 補治籬落，縛束壁帳，穿井掘窖，填補塞孔，高下之功，立成之功〔註3〕。（《太上正一咒鬼經》）

按：「立成」，指樹立、建成。「立」「成」都具有實現的詞素義，故二者可以結合成詞。晁錯《論貴粟疏》：「而欲國富法立，不可得也。」司馬遷《史

〔註1〕程湘清，漢語史專書複音詞〔M〕，上海：商務印書館，2003：107。

〔註2〕《正統道藏》正一部（4部）《上清金真玉光八景飛經》：1。

〔註3〕《正統道藏》正一部（4部）《太上正一咒鬼經》：1。

記．陳涉世家》：「足下事皆成，有功。」

【遊逸】

魍魎鬼，熒惑鬼，遊逸鎮鬼〔註4〕。（《太上正一咒鬼經》）

按：「遊逸」指悠閒安逸，「遊」謂遊樂，逸謂悠閒，二者有相近的詞素義，故可組合為「遊逸」。《南史．周寶安傳》：「以貴公子驕蹇遊逸，好狗馬，樂驅馳，靡衣偷食。」

單音節形容詞詞性詞素＋單音節形容詞詞性詞素構成動詞複音詞

【記識】

三官記識，無失毫分〔註5〕。（《元始五老赤書玉篇真文天書經》）

按：識記，定住、標記的意義。

「記」，記述。《莊子．逍遙遊》：「齊諧者，志怪者也。」（《齊諧》是一部記載異聞的書）《列子楊朱》：「楊朱曰：太古之事滅矣，孰誌之哉！」范仲淹《岳陽樓記》：「屬予作文以記之。」（屬：同囑，囑託）。

「識」，標誌、標記。《後漢書馮異傳》：「進止皆有表識。」陶淵明《桃花源記》：「尋向所誌」。《南齊書．韓係伯傳》：「襄陽土俗，鄰居種桑樹於界上為誌」。

「記」，一般多作記得講，識多表示記住，《論語．子張》：「賢者識其大者，不賢者識其小者。」《禮記．檀弓下》：「小子識之，苛政猛於虎也。」《後漢書應奉傳》：「凡所經履，莫不暗記」。

「記」是記載義，「識」（zhi）也是記載義。意義上相同。

【仙靈】

戴佩太微石景黃文，今謹寫一通，以還仙君，使我登虛，運元駕雲，仙靈侍衛，與真為群〔註6〕。（《洞真太上太素玉籙》）

按：「仙」，本為遷，《說文》：「長生遷去也」，人升高成仙。《漢書．劉向傳》：「上復與神仙方術之事，而淮南有枕中《鴻寶苑祕書》。」晉葛洪《抱

〔註4〕《正統道藏》正一部（4部）《太上正一咒鬼經》：1。

〔註5〕《正統道藏》洞真部（1部）《元始五老赤書玉篇真文天書經》：1

〔註6〕《正統道藏》正一部（4部）《洞真太上太素玉籙》：1。

朴子・論仙》:「凡世人所以不信仙之可學，不許命之可延者，正以秦皇、漢武求之不獲，以少君、欒太為之無驗故也。」唐李白《夢遊天姥吟留別》:「虎鼓瑟兮鸞回車，仙之人兮列如麻。」

「靈」本義是事神的女巫。屈原《楚辭東皇太一》:「靈偃蹇兮姣服」。引申為鬼、神。屈原《楚辭國殤》:「天時墜兮威靈怒」。

「仙」與「靈」的區別在於「仙」為山中之人，但終究開始還是人，《釋名》:「老而不死曰仙。」

「靈」，能通為靈，簡單地說就是可以表達出物體自身的情感，靈性的一切事物，不單單指人。

「仙」與「靈」的相近詞素義神靈、神仙。即古代宗教和神話傳說中超脫塵世而長生不死者。

「仙」和「靈」二者意義相近。組合成詞後的意義為神仙。

【歡悅】

> 欲令男女，憎他愛己，迴心附影，以為歡悅，隨時祭杞，遂成野道〔註7〕。(《太上正一咒鬼經》)

按:「歡」: 快樂，喜悅。《書・洛誥》:「公功肅將祇歡。」孔穎達疏:「公功已進且大矣，天下皆樂公之功，敬而歡樂。」晉潘岳《笙賦》:「樂聲發而盡室歡，悲音奏而列坐泣。」「悅」: 歡樂，喜悅。《孫子・火攻》:「怒可以復喜，慍可以復悅。」晉陶潛《歸去來辭》:「悅親戚之情話，樂琴書以消憂。」宋・樂史《廣卓異記・段暉》:「暉戲作木馬與之，童子甚悅。」

「歡」和「悅」二者意義相近。

【柔和】

> 九者春秋冬夏，不暑不冰，四氣柔和，枯朽皆生〔註8〕。(《元始五老赤書玉篇真文天書經》)

按:「柔」，溫和;溫順。「和」的本義是樂器，引申為和諧，調和，和睦。《禮記・內則》:「父母有過，下氣怡色，柔聲以諫。」晉張華《女史箴》:「婦德尚柔，含章貞吉。」《北齊書・蘭陵王孝瓘傳》:「長恭貌柔心壯，音容兼美。」

〔註 7〕《正統道藏》正一部（4 部）《太上正一咒鬼經》: 1。

〔註 8〕《正統道藏》洞真部（1 部）《元始五老赤書玉篇真文天書經》: 1。

「和」，和順；平和。《書·康誥》:「惟民其勑懋和。」蔡沈集傳:「民其戒敕，而勉於和順也。」《史記·淮南衡山列傳》:「漢中尉至，王（淮南王）視其顏色和。」唐韓愈《與祠部陸員外書》:「其為人賢而有材，志剛而氣和。」

「柔」和「和」二者意義相近。

【住止】

八者所在住止，方圓三千六百里中，妖偽雜俗，奸詐魍魎〔註9〕。（《元始五老赤書玉篇真文天書經》）

按：居留；住宿。《百喻經·效其祖先急速食喻》:「昔有一人，北天竺至南天竺，住止既久，即聘其女共為夫婦。」

【具足】

合藥法：預備六種藥物，令六味具足，事事新香，不得腐敗〔註10〕。（《洞神八帝元變經》）

按:「具足」，猶具備。漢王充《論衡·正說》:「善善惡惡，撥亂世反諸正，莫近於《春秋》。若此者，人道、王道適具足也。」《百喻經·認人為兄喻》:「昔有一人，形容端正，智慧具足，復多錢財。」

【肅清】

則北帝操兵，天魔喪形，萬精滅景，內外肅清〔註11〕。（《上清金真玉光八景飛經》）

按：清除；平靖。「肅」，唐楊巨源《送裴中丞出使》詩:「《龍韜》何必陳《三略》，虎旅由來肅萬方。」「清」，治理；清理。《詩·小雅·黍苗》:「原隰既平，泉流既清。」毛傳:「水治曰清。」晉潘岳《籍田賦》:「於是乃使甸帥清畿，野廬埽路。」「肅清」，清理，清除之義。

（二）相類詞素義聯合構詞

根據中古法術類道經中出現的這類詞的實際情況，我們將其分為表概括、表形象、表承接、表情緒四個類別。

〔註9〕《正統道藏》洞真部（1部）《元始五老赤書玉篇真文天書經》: 1。

〔註10〕《正統道藏》正一部（4部）《洞神八帝元變經》: 1。

〔註11〕《正統道藏》正一部（4部）《上清金真玉光八景飛經》: 1。

1. 表概括

這類複音詞中兩個單音節詞的詞素義並不相同，分別代表一個概念，但是合成後所表示的義位則代表更加概括的概念。

單音節名詞詞性詞素＋單音節名詞詞性詞素構成名詞複音詞

【福祿】

福祿光亨，所向所求，莫不利貞〔註 12〕。(《元始五老赤書玉篇真文天書經》)

按：「官吏」的薪俸。《韓非子．人主》：「夫有功者受重祿，有能者處大官」。辨依上古的說法，「福」「祿」都是上天所賜的，但是稍有不同。「福」連用時，並不意味著它們完全同義，而是表示既有福，又有祿。到了後代，「福」往往指富，「祿」往往指貴。所謂福祿壽即富貴壽考：「福祿」同吉祥、美滿的事。「福」一是一般的福，幸福，與禍相對。《老子》：「禍兮福所倚，福兮禍所伏。」(倚：依託。伏：隱藏）二是祭過神的酒肉。《國語．晉語二》：「驪姬受福」。(驪姬：人名。受：接受）祿食福，福氣（迷信）。《詩．大雅．既醉》：「天被爾祿」。(被：施給)《左傳．莊公．莊公四年》：「王祿盡矣」。(祿盡：指將死)。

「福」和「祿」，概指吉祥美滿的事。

【世代】

皆起於九天之王，傳於世代之真〔註 13〕。(《洞真太上太霄琅書》)

按：「世」和「代」是同義詞，都是世代的意思。「世」，1. 先秦時三十年為一世。《說文》：「三十年為一世。《論語．子路》：「如有王者，必世而後仁。」2. 父子相繼為一世。《孟子．離婁上》「君子之澤，五世而斬」。澤：流風餘韻。五世：世系相傳的五個輩次。斬，斷絕。《左傳昭公七年》：「從政三世矣」。蕭統《文選序》：「自炎漢中葉」。如王維《李陵詠》：「漢家李將軍，三代將門子。」(三代：祖孫三輩）

「世」和「代」是同義聯合，仍然是世代的意思。

〔註 12〕《正統道藏》洞真部（1 部)《元始五老赤書玉篇真文天書經》：1。

〔註 13〕《正統道藏》上清經部（1 部)《洞真太上太霄琅書》：1。

【幃幄】

助因與朱天柱作幃幄，其洛京即天柱，除助作僕射，尋作幽州刺史〔註 14〕。（《洞神八帝元變經》）

按：「幃」，幃的繁體字，「帷」，帷帳。《史記．秦始皇本紀》：「郎中令與樂俱入，射上幄坐帷。」《資治通鑒．秦二世皇帝三年》引此文，胡三省注云：「帷，單帳也。」《古詩十九首．明月何皎皎》：「明月何皎皎，照我羅床帳。」「幄」，帷帳。「帷」，圍在四周的帳幕，沒有頂子。「幃」本來通「帷」，後來專指「床上的帳子」，跟「帷」有了分工，因為床上的帳子不能稱為「帷」（古代帷、幃不同音）。李白《春思》詩：「春風相識，何事入羅幃？」這些「幃」字都不能換成「帷」。

「幄」用帛圍成的板屋、帳幕。《漢書．高帝紀下》：「夫運籌帷幄之中，決勝千里之外，吾不如子房。」（運籌：指謀劃。子房：張良的字）

「幃」和「幄」同類關係。「幃」和「幄」，概指布帳的意思。

單音節動詞詞性詞素＋單音節動詞詞性詞素構成動詞複音詞

【分別】

賞功罰過，分別善惡也〔註 15〕。（《上清金真玉光八景飛經》）

按：「分」：1. 一半。《列子周穆王》：「人生百年，晝夜各分。」2. 分配，分給。《左傳．莊公十年》：「衣食所安，弗敢專也，必以分人。」3. 分開。《史記．秦始皇本紀》：「分天下以為三十六郡」。「別」：1. 分開；離析。《書．禹貢》：「禹別九州。」孔傳：「分其圻界。」2. 副詞。另外。《史記．高祖本紀》：「使沛公、項羽別攻城陽。」成語有又當別論、別有用心。分別，區別；分辨。《荀子．王制》：「兩者分別，則賢不肖不親，是非不亂。」3. 離開，告別。唐李白《南陽送客》詩：「揮手再三別。」

「分」和「別」同類關係。概指分開、分辨的意義上相同。

【欺詐】

或欺詐百端，詭誑千等〔註 16〕。（《洞神八帝元變經》）

〔註 14〕《正統道藏》正一部（4 部）《洞神八帝元變經》：1。

〔註 15〕《正統道藏》正一部（4 部）《上清金真玉光八景飛經》：1。

〔註 16〕《正統道藏》正一部（4 部）《洞神八帝元變經》：1。

按：「欺詐」同欺騙，不誠實的行為。「欺」說假話。是一般的不誠實，不一定有惡意，有時僅是一種權變。《韓非子・外儲說左上》：「今子欺之，是教子欺也。」（現在你欺騙了他，這就是教兒子欺騙），「詐」，詭詐，以不誠實的手段達到損害對方、毀滅對方的目的。《戰國策・秦策一》：「大王以詐破之。」（破：打敗）注古代凡欺騙的意義都用詐或欺，不用騙。

「欺」和「詐」同類關係，在概指欺騙的意義上相同。

【嬰兒】

匡轡明霞上，流精耀玉枝。顧眄無中有，混合似嬰兒〔註 17〕。（《洞真太上太霄琅書》）

按：初生的女孩。《玉篇・女部》引《倉頡篇》：「男曰兒，女曰嬰。」泛指初生兒。《釋名・釋長幼》：「人始生曰嬰。」

2. 表形象

合成後所表示的義位則代表更加形象的概念。

單音節動詞詞性詞素＋單音節動詞詞性詞素構成動詞複音詞。

【奉承】

天神地祇奉承正法弟子，恒來稽首朝拜靈籙，並營衛門庭，無敢生害心者〔註 18〕。（《無上三元鎮宅靈籙》）

按：「奉」，1. 恭敬地捧著，感情色彩強烈。《史記・項羽》「謹使臣良奉白璧一雙，再拜獻大王足下。」《史記・廉頗藺相如傳》：「臣願奉璧往使。」2. 恭敬地接受。《史記・淮陰侯》：「謹奉教。」《三國志吳書吳主傳》：「魯肅乞奉命弔表二子。」

「承」，1. 表示一般地捧著，感情色彩不明顯。《左傳成公六年》：「使行人執榼承飲。」（行人：掌管出使聘問的官。榼盛酒的器皿。飲：喝的東西）《左傳襄公二十五年》：「承飲而進獻。」（承飲：奉觴）2. 接受，承受，表示下級接受上級的命令吩咐。《左傳僖公十五年》：「敢不承命？」（敢：哪裏敢）」

「承奉」，1. 承受；遵行。《左傳・昭公七年》：「嬰齊受命於蜀，奉承以來，

〔註 17〕《正統道藏》上清經部（1 部）《洞真太上太霄琅書》：1。

〔註 18〕《正統道藏》洞神部（1 部）《無上三元鎮宅靈籙》：1。

弗敢失隕。」2. 侍奉。《墨子・兼愛下》:「奉承親戚，提挈妻子。」

「承奉」比喻捧著，代指侍奉遵行。

【恭敬】

人事之先，莫尚於恭敬〔註19〕。(《洞神八帝元變經》)

按:「恭」，對人尊敬有禮身恭，著重在外貌方面，特指恭敬、謙遜有禮。《論語・顏淵》):「君子敬而無失，與人恭而有禮。」《史記・蕭相國世家》:「相國年老，素恭謹。」(相國：官名，指蕭何。素：向來)

「敬」，著重在內心方面，特指嚴肅、慎重。《管子・內業》:「敬慎無忒。」《荀子・禮論》:「故君子敬始而慎終。」「敬」，有時也指外貌方面，當尊敬、尊重講。《論語・先進》:「門人不敬子路。」

「恭」「敬」是同義詞，但側重點不同。《禮記・少儀》:「賓客主恭，祭祀主敬。」鄭玄注:「恭在貌也，而敬又在心。」敬的意義比恭的意義廣泛，往往指一種內心的修養，嚴肅對待自己。

「恭敬」可連用共同表有禮貌的意思。恭敬同對人尊敬有禮。

【尊敬】

人常尊敬之，能報怨讎事〔註20〕。(《洞神八帝元變經》)

按:「尊」，酒器。《國語・周語中》:「出其尊彝，陳其鼎俎。」(出：拿出來。彝：酒器)後來引申為尊敬尊重。《孟子・公孫丑上》:「尊賢使能。」《史記蒙恬列傳》:「始皇甚尊寵蒙氏，信任賢之。」晁錯《論貴粟疏》:「今法律賤商人，商人已富貴矣；尊農夫，農夫已貧賤矣」。

「尊敬」引申為對人尊敬有禮。

單音節形容詞詞性詞素＋單音節形容詞詞性詞素構成形容詞複音詞

【貧窮】

數準以供施天下貧窮，及山棲道士也。若有違者，準九都刑律論〔註21〕。(《無上三元鎮宅靈籙》)

按:「貧」，生活困難，缺乏衣食金錢，與富相對。《莊子・德充符》:「死

〔註19〕《正統道藏》正一部(4部)《洞神八帝元變經》:1。

〔註20〕《正統道藏》正一部(4部)《洞神八帝元變經》:1。

〔註21〕《正統道藏》洞神部(1部)《無上三元鎮宅靈籙》:1。

生存亡，窮達貧富。」《商君書・去強》:「國富而貧治，日重富，重富者強。」（貧治：當作貧國來治理勤儉持國。重富：富上加富）。「窮」，不得志不顯貴，沒有出路，與通、達相反。《孟子盡心上》:「故士窮不失義，達不離道。」（意思是無論得志或不得志，都不違背儒家的道義）《莊子・讓王》:「古之得道者，窮亦樂，通亦樂。」唐王勃《滕王閣序》:「窮且益堅，不墜青雲之志。」

「貧窮」連用時，1. 貧困。《荀子性惡》:「仁之所在無貧窮。」2. 窮人。《禮記・月令》:「賜貧窮，振乏絕。」

「貧窮」同貧困，比喻窘迫。

【剛強】

一者身體剛強，軀形安寧〔註 22〕。(《元始五老赤書玉篇真文天書經》)

按：「剛」，1. 刀硬（「鋼」字由此發展而來）。泛作堅硬，與柔相。《詩・大雅・烝民》:「柔則茹之，剛則吐之。」（茹：吃）成語有以柔克剛。2. 剛強，堅強。《商君書・立本》:「強者必剛鬥其意。」「強」本義是蟲名，古籍借作彊。彊的本義是弓有多寫成強。《孟子・梁惠王上》:「弱固不可以敵強。」杜甫《前出塞》詩：「挽弓當挽強，用箭當用長。」強大，強盛。「剛強」同堅硬。比喻堅強。

3. 表承接

本有的詞素並不相同，但是合成之後，詞素之間形成了先後的承接關係，基本都是動詞性的。

單音節動詞詞性詞素＋單音節動詞詞性詞素構成動詞複音詞

【飯食】

最上飯食，當與吾取金銀財帛〔註 23〕。(《洞神八帝元變經》)

按：「飯」：本義是吃飯。《說文》:「飯，食也。」飯專指可吃的飯菜。《禮記・曲禮上》:「共飯不澤手。」（澤手：謂手相揉搓。又：「毋摶飯」，不把飯弄成團，一次取很多）。「食」：本義也是吃，吃飯，進餐。《書・無逸》:「自朝至

〔註 22〕《正統道藏》洞真部（1 部）《元始五老赤書玉篇真文天書經》: 1。

〔註 23〕《正統道藏》正一部（4 部）《洞神八帝元變經》: 3。

於日中昃，不遑暇食。」南朝梁・劉勰《文心雕龍・神思》:「阮瑀據案而制書，禰衡當食而草奏。」食泛指可吃的東西飲。《左傳・隱公元年》:「小人有母，皆嘗小人之食矣。」

「飯食」同，1. 吃，吃飯。《論語・述而》:「飯蔬食，飲水。」《左傳・隱公元年》:「食捨肉。」《戰國策・齊策四》:「長鋏歸來乎，食無魚。」《禮記・大學》「食而不知其味。」2. 給……吃，使吃。《史記・淮陰侯傳》:「有一母見信饑，飯信。」(信：韓信)《鹽鐵論・論儒》:「百里以飯牛要穆公。」(百里：百里奚，人名。要：求取信任。穆公：秦穆公)

「吃」並食，吃飯進餐的意思。

【啖食】

> 九萬九千，皆能飛行，出入無間，啖食百鬼數千萬人眾精，百邪不得妄前，天師神咒，急急如律令〔註24〕。(《太上正一咒鬼經》)

按:「啖」本義是吃，1. 使吃。《漢書・王吉傳》:「東家有大棗樹垂吉庭中，吉婦取棗以啖吉。」2. 利誘。《史記・高祖本紀》:「啖以利，因襲攻武關，破之。」

「食」本義也是吃、吃東西。《詩・魏風・碩鼠》:「碩鼠碩鼠，無食我黍！」唐李白《古風》之一:「龍虎相啖食，兵戈逮狂秦。」1. 供養，給吃。《論語・微子》:「殺雞為黍而食之。」《商君書・農戰》:「先實公倉，收余以食親。」(實：充實。親：指父母) 2. 吃的東西，糧食。《左傳・隱公元年》:「小人有母，皆嘗小人之食矣。」《論語・顏淵》:「足食，足兵。」

「啖」和「食」都是吃的意思，「啖」並食。

【變化】

> 變化萬方，適意翱翔，嘯命立到〔註25〕。(《洞真太上太霄琅書》)

按:《周易乾卦》:「乾道變化。」變，改變，變換。《戰國策・楚策四》:「襄王聞之，顏色變作，身體戰慄。」《孟子・公孫丑上》:「久則難變也。」《商君書・更法》「慮世事之變。」(慮：考慮。)「變」，特指災異，某種反

〔註24〕《正統道藏》正一部 (4部)《太上正一咒鬼經》: 1。

〔註25〕《正統道藏》上清經部 (1部)《洞真太上太霄琅書》: 1。

常的自然現象。《漢書・張禹傳》:「親問禹以天變。」「化」,由某一物轉化為另一物。《禮記・月令》:「田鼠化為鴽。」(鴽:音,鳥名)《莊子・逍遙遊》「北冥有魚,其名為鯤,化而為鳥,其名為鵬。」唐李白《蜀道難》詩:「所守或匪親,化為狼與豺。」「變」是改變、變換。「化」是由原先的事物轉化為另一事物,因此天變不能說成天化。

「變」和「化」同都有變化、改變的意思。變幻並且化為的意思。

4. 表情緒

「這類複音詞中的詞素本來的詞素並不相同,分別代表一個概念,但是合成後所表示的詞素則代表強調情緒的概念。」〔註26〕

單音節動詞詞性詞素+單音節動詞詞性詞素構成動詞複音詞

【驚怕】

術人精神悸悸,驚怕憧憧,遍身毛豎〔註27〕。(《洞神八帝元變經》)

按:「驚」,突然受到刺激而精神緊張,側重在驚駭。《呂氏春秋察今》:「溺死者千有餘人,軍驚而壞都舍。」又如《莊子・達生》:「梓慶削木為鐻,鐻成,見者驚猶鬼神。」(鐻:樂器名,猛獸形,木製,後為銅製)這是感到驚異神奇,更不是害怕。賈誼《論積貯疏》:「安有為天下阽危者若是而上不驚者?」這是重在精神緊張,是驚而不再害怕。怕泛作害怕。是中古新興的詞。杜甫《麗春》:「如何此貴重?卻怕有人知。」

「驚」和「怕」都有恐懼、害怕的意思。

【忿怒】

神即忿怒,與神成隙,隙成多陷入以兵〔註28〕。(《洞神八帝元變經》)

按:生氣。「怒」,氣得臉變顏色,程度較重。《詩・衛風氓》:「將子無怒,秋以為期。」(將:請)。《淮南子・天文訓》:「怒而觸不周之山,天柱折,地維

〔註26〕陳羿竹,《高僧傳》複音詞研究〔D〕:〔博士學位論文〕,長春:東北師範大學,2014。

〔註27〕《正統道藏》正一部(4部)《洞神八帝元變經》:1。

〔註28〕《正統道藏》正一部(4部)《洞神八帝元變經》:1。

絕。」（觸：撞擊。不周：山名。維：繩。絕：斷）。成語有「勃然大怒」「怒髮衝冠」。「忿」是憤怒、生氣、怨恨，與怒義近。《孫子兵法‧謀攻》：「不勝其忿而蟻附之。」曹操《讓縣自明本志令》：「以為強豪所忿。」（忿：怨恨）

「怒」「忿」在先秦時，都有生氣、怨恨的意思，「怒」「忿」是從內心到外表都明顯。

（三）相反詞素義聯合構詞

反義聯合關係是指複音詞內部兩個詞素處於意義相對稱的地位，所謂的相反詞素義聯合是指由意義相反或相對的詞素組合而成的複音詞。

「一般這類複音詞中的詞素關係可以分為兩種，一種是兩個詞素義雖然相反，但是它們之間不分彼此，成平列關係；另一種是詞義偏重於相反相對的詞素義中的一個，而另一個詞素義只起到陪襯的作用，我們稱之為偏義關係。」〔註29〕

1. 平列關係

單音節名詞詞性詞素＋單音節名詞詞性詞素構成名詞複音詞

【陰陽】

自今以去，不得使某門戶，更相招引災殃橫厄，陰陽水火，六天故氣〔註30〕。（《無上三元鎮宅靈籙》）

按：「陰和陽。陽，我國古代哲學認為宇宙中通貫物質和人事的兩大對立面之一。」〔註31〕與陰相對。如天、火、暑是陽，地、水、寒是陰〔註32〕。《易‧繫辭上》：「一陰一陽之謂道。」高亨注：「一陰一陽，矛盾對立，互相轉化，是謂規律。」《素問‧陰陽離合論》：「黃帝問曰：『余聞天為陽，地為陰，日為陽，月為陰。大小月，三百六十日成一歲，人亦應之。』」「陰」與

〔註29〕陳羿竹，《高僧傳》複音詞研究〔D〕：〔博士學位論文〕，長春：東北師範大學，2014。

〔註30〕《正統道藏》洞神部（1部）《無上三元鎮宅靈籙》：1。

〔註31〕張瀟丹，《國語》與《戰國策》反義詞比較研究〔D〕：〔碩士學位論文〕，濟南：山東師範大學，2015。

〔註32〕苗傳美，《孔子家語》反義詞研究〔D〕：〔碩士學位論文〕，濟南：山東師範大學，2017。

「陽」為對立、對義關係。「陰」本義是北面，山的北面，水的南岸為陰。引申義為在古代哲學中，「陰」與「陽」指兩種對立的事物。

2. 偏義關係

【支干】

命彩支干相入，紋繒隨年；疋丈尺〔註 33〕。（《洞真太上太霄琅書》）

按：「支」，地支。漢趙曄《吳越春秋・王僚使公子光傳》：「今日甲子，時加於巳，支傷日下，氣不相受。」干，天干。支干：支，地支；干，天干。古代以支干相配紀日，後亦用以紀年月。《周禮・秋官・鄉士》「協日刑殺。」漢鄭玄注：「和合支干善日。」孫詒讓正義：「《五行大義》：干不獨立，支不虛設，要須配合以定歲月日時。從甲至癸為干，從寅至丑為支。干的本義是樹幹。幹同。」

二、偏正式構詞

中古法術類道經複音詞中的偏正式複音詞一共有 3374 個。兩個詞素之間是修飾和被修飾關係、限制和被限制關係。「偏正式複音詞又稱主從式複音詞，是由一個起修飾、限定作用的偏詞素和一個表示中心成分的正詞素（也叫中心詞素）依次組合而成的。根據正詞素所表示的意義，偏正式複音詞分為兩類，一類是正詞素表示人或事物，一般形成的是定中結構；一類是正詞素表示動作或是行為，一般形成狀中結構。」〔註 34〕

（一）修飾限制性關係

正詞素表示人或是事物。

這類詞中起修飾和限定作用的偏詞素類型多樣，關係複雜。

偏詞素所表示的事物是正詞素所表事物的領有者。

1. 表領屬

這類詞中偏詞素是正詞素的領屬主體。其形式轉換成詞組，中間可以加

〔註 33〕《正統道藏》上清經部（1 部）《洞真太上太霄琅書》：1。

〔註 34〕陳羿竹，《高僧傳》複音詞研究〔D〕：〔博士學位論文〕，長春：東北師範大學，2014。

「的」，即可擴展為「A的B」。

【元君】

元君諱字當讀是經，有諸高大廣長鬼神苦撓天下，暴酷百姓，鬼神行病，鬼神行疫，鬼神行炁〔註35〕。（《太上正一咒鬼經》）

按：「元」是君的領有者。「元君」：1. 賢德的國君。《國語．晉語七》：「抑人之有元君，將稟命焉。」韋昭注：「元，善也。」一說，猶元首。2. 道教語。女子成仙者之美稱。唐呂岩《七言》詩之四九：「紫詔隨鸞下玉京，元君相命會三清。」如：「金母元君（西王母）」；「碧霞元君（后土夫人）」。

【天子】

無上三天玉司正法律曰：夫天子王侯，若欲寧國安民，以享無窮之祚，保於社稷者，皆封是靈籙，以鎮帝主國王宮合之門上也〔註36〕。（《無上三元鎮宅靈籙》）

按：「天子」，古以君權為神所授，故稱帝王為天子。《詩．大雅．江漢》：「明明天子，令聞不已。」《史記．五帝本紀》：「於是帝堯老，命舜攝行天子之政，以觀天命。」唐高適《燕歌行》：「男兒本自重橫行，天子非常賜顏色。

2. 表身份、職業

這類詞的偏詞素所表示的意義廣泛，而正詞素通常與人有關。

【仙王】

玉清領仙王功曹僕射使者，百二十人出〔註37〕。（《洞真太上太霄琅書》）

按：「仙」是王的領有者。「仙」，神仙。古代宗教和神話傳說中超脫塵世而長生不死者。《漢書．劉向傳》：「上復與神仙方術之事，而淮南有枕中《鴻寶苑祕書》。」晉葛洪《抱朴子．論仙》：「凡世人所以不信仙之可學，不許命之可延者，正以秦皇、漢武求之不獲，以少君、欒太為之無驗故也。」唐李白《夢遊天姥吟留別》：「虎鼓瑟兮鸞回車，仙之人兮列如麻。」宋胡翼龍《八

〔註35〕《正統道藏》正一部（4部）《太上正一咒鬼經》：1。

〔註36〕《正統道藏》洞神部（1部）《無上三元鎮宅靈籙》：2。

〔註37〕《正統道藏》上清經部（1部）《洞真太上太霄琅書》：2。

聲甘州》:「步高臺、夜深人靜，有飛仙，同跨海山鯨。」

3. 偏詞素說明正詞素所表示事物的性質

這類詞的修飾詞素多半是表示顏色等外貌特徵，而被修飾詞素是表示一些具體的事物。

單音節名詞詞性詞素＋單音節名詞詞性詞素構成名詞複音詞

【白幡】

> 次思右目太和君，衣白衣，冠五華冠，左手持金液玉漿，右手執白幡，在帝君左右〔註38〕。(《洞真太上太素玉籙》)

按:「白幡」是戰敗者表示投降的白旗。漢語大詞典中例證有二:一是《南史劉劭傳》:「蕭斌聞大航不守，惶窘不知所為，宣令所統皆使解甲，尋戴白幡來降，即於軍門伏誅。」二是《敦煌變文集·伍子胥變文》:「始得昭王怕懼之心，遂即白幡降伏。」詞素「白」修飾中心詞「幡」。

【邪神】

> 先殺邪神，後滅遊光，何神敢前，何鬼敢當〔註39〕。(《太上正一咒鬼經》)

按:「邪」為神的性質。「邪神」，邪惡之神。《敦煌變文集·破魔變文》:「不念自是邪神類，比併天中大世尊。」

【惡獸】

> 青帝鬼魔遠捨九萬里，一方凶勃惡獸毒螫，皆不生害心，反善仁人〔註40〕。(《元始五老赤書玉篇真文天書經》)

按:「惡」為獸的性質。兇暴;兇險。《國語·周語上》:「商王帝辛大惡於民。」俞樾《群經平議·國語一》:「大惡於民猶云大虐於民也。」《史記·扁鵲倉公列傳》:「君之病惡，不可言也。」唐韓愈《猛虎行》:「誰云猛虎惡，中路正悲啼。」宋范成大《孫黃渡》詩:「茶山盜藪路程惡，麥壟人家懷抱寬。」

單音節形容詞詞性詞素＋單音節名詞詞性詞素構成名詞複音詞

〔註38〕《正統道藏》正一部（4部）《洞真太上太素玉籙》:1。

〔註39〕《正統道藏》正一部（4部）《太上正一咒鬼經》:1。

〔註40〕《正統道藏》洞真部（1部）《元始五老赤書玉篇真文天書經》:1。

【真神】

不敢妄前，勑辦行廚，賜吾真神，吾今當出召神君〔註 41〕。(《太上正一咒鬼經》)

此是九天王相五方真神諱字，佩此文者，得受日中五帝字，封其字，佩之左肘，使人自然聰明聖智〔註 42〕。(《洞真太上太素玉籙》)

按：上帝，天帝。太平天國洪秀全創立拜上帝會稱上帝為真神。中國近代史資料叢刊《太平天國・文書》：「聖神、真神、天父、神父是上帝也。」《太上正一咒鬼經》中「眾邪惶怖，不敢妄前，勑辦行廚，賜吾真神，吾今當出召神君。」《洞真太上太素玉籙》中「凡二百字。此是九天王相五方真神諱字，佩此文者，得受日中五帝字，封其字。」均為神靈之意。

【舌頭】

上導洪精於士天，下和眾生於靈衢。挹雲露於皓芝，飲靈液於龍鬚，叩天池而鳴鼓，收甘津於舌頭〔註 43〕。(《元始五老赤書玉篇真文天書經》)

按：「舌頭」。俗亦稱舌頭。《詩・小雅・雨無正》：「哀哉不能言，匪舌是出，維躬是瘁。」《素問・陰陽應象大論》：「在竅為舌。」王冰注：「舌，所以司辨五味也。」《史記・張儀列傳》：「張儀謂其妻曰：『視我舌尚在不？』其妻笑曰：『舌在也。』」唐韓愈《赴江陵途中寄贈三學士》詩：「自從齒牙缺，始慕舌為柔。」

4. 表質地、材料

這類詞的修飾詞素大都表示被修飾詞素所用的質地和材料。被修飾詞素多是事物性詞。

【瓊臺】

於是九天丈人以建始元年，歲在東維，天甲吉辰，清齋太空七寶瓊臺〔註 44〕。(《上清金真玉光八景飛經》)

〔註 41〕《正統道藏》正一部（4 部）《太上正一咒鬼經》：1。

〔註 42〕《正統道藏》正一部（4 部）《洞真太上太素玉籙》：1。

〔註 43〕《正統道藏》洞真部（1 部）《元始五老赤書玉篇真文天書經》：1。

〔註 44〕《正統道藏》正一部（4 部）《上清金真玉光八景飛經》：2。

按：「瓊」說明了臺的性質。「瓊」，即美玉，晉張協《雜詩》之十：「尺燼重尋桂，紅粒貴瑤瓊。」宋蘇軾《次韻答王鞏》：「我有方外客，顏如瓊之英。」

5. 偏詞素說明正詞素所表示動作的方式

這類詞的被修飾詞素表示行為意義，而修飾詞素行為的方式或是手段來修飾被修飾詞素。這類詞可以擴展為「用 A 的方式或手段 B」。

單音節動詞詞性詞素＋單音節動詞詞性詞素構成動詞複音詞

【驂乘】

> 五年之中，五帝日君，遂與裴君，驂乘飛龍之車〔註 45〕。（《上清太一金闕玉璽金真記》）

按：「驂」說明了乘的方式，「驂」為陪乘或陪乘的人。「驂」，通參。《左傳・文公十八年》：「納閻職之妻，而使職驂乘。」杜預注：「驂乘，陪乘。」《禮記・服問》：「唯近臣及僕驂乘從服。」《漢書・文帝紀》：「乃令宋昌驂乘。」顏師古注：「乘車之法，尊者居左，御者居中，又有一人處車之右，以備傾側。是以戎事則稱車右，其餘則曰驂乘。」

6. 正詞素表示行為或動作

這一類複音詞的被修飾詞素一般都為動詞，修飾詞素一般用表示情態或形態、方式或手段去修飾和限定被修飾詞素。

【訶召】

> 兆能修此道，可以升仙與天真相友，得與眾仙交通，則訶召神靈〔註 46〕。（《洞真太上太素玉籙》）

按：「訶」是召的方式，「訶」為大聲斥責；責罵。馬王堆・漢墓帛書甲本《老子・道經》：「唯與訶，其相去幾何？」北齊顏之推《顏氏家訓・教子》：「飲食運為，姿其所欲，宜戒翻獎，應訶反笑，至有識知，謂法當耳。」楊度《〈遊學譯編〉敘》：「今日外人之訶我中國者，不曰老大帝國，則曰幼稚時代。」

〔註 45〕《正統道藏》洞玄部（1 部）《金闕玉璽金真紀》：1。

〔註 46〕《正統道藏》正一部（4 部）《洞真太上太素玉籙》：1。

單音節動詞詞性詞素＋單音節名詞詞性詞素構成名詞複音詞

【行廚】

坐致行廚、龍車羽蓋，靈童玉女、天下眾精，皆來走使，無問不知，無求不得〔註47〕。(《洞真太上太素玉籙》)

按：「行廚」是一種修行法術，修煉到位可以隔空取物之類，「行廚」為能讓鬼神致食，召鬼使精。謂出遊時攜帶酒食；亦謂傳送酒食。北周庾信《詠畫屏風詩》之十七：「行廚半路待，載妓一雙回。」唐陳子昂《為建安王獻食表》：「伏知金雞瑞鼎，盈上帝之珍饈；玉女行廚，盡群仙之品味。」唐張謂《春園家宴》詩：「竹裏行廚人不見，花覓路鳥先知。」

單音節形容詞詞性詞素＋單音節動詞詞性詞素構成名詞複音詞

【朱筆】

佩此文則免洪流萬癘之中，當朱筆書文〔註48〕。(《元始五老赤書玉篇真文天書經》。)

按：用大紅色的筆來寫文。大紅色。比絳色（深紅色）淺，比赤色深。古代視為五色中紅的正色。《詩．豳風．七月》：「我朱孔陽，為公子裳。」《論語．陽貨》：「惡紫之奪朱也。」何晏集解引孔安國：「朱，正色。紫，間色之好者。」《禮記．月令》：「〔孟夏之月〕乘朱路，駕赤騮，載赤旂，衣朱衣。」孔穎達疏：「色淺曰赤，色深曰朱。」唐韓愈《衢州徐偃王廟碑》：「得朱弓赤矢之瑞。」

7. 偏詞素說明正詞素所表示事物的數量

單音節數詞詞性詞素＋單音節名詞詞性詞素構成名詞複音詞

【九天】

告誓九天，上受四極明科，奉行道真，乞注紫簡，言名青宮。違盟負誓，不敢希仙〔註49〕。(《洞真太上太霄琅書》)

按：「九天」，謂天空最高處。九為最尊，最高之義。《孫子．形篇》：「善

〔註47〕《正統道藏》正一部（4部）《洞真太上太素玉籙》：1

〔註48〕《正統道藏》洞真部（1部）《元始五老赤書玉篇真文天書經》：2。

〔註49〕《正統道藏》上清經部（1部）《洞真太上太宵琅書》：1。

攻者，動於九天之上。」梅堯臣注：「九天，言高不可測。」唐李白《望廬山瀑布》詩之二：「飛流直下三千尺，疑是銀河落九天。」

【十方】

行八景飛經八道秘訣，上皇玉帝告命諸天十方眾聖、五嶽靈仙，悉來護兆身〔註50〕。（《上清金真玉光八景飛經》）

按：「十方」，佛教謂東南西北及四維上下。十表示方的數量。《宋書・夷蠻傳・呵羅單國》：「身光明照，如水中月，如日初出，眉間白豪，普照十方。」南朝陳徐陵《為貞陽侯重與王太尉書》：「菩薩之化行於十方，仁壽之功霑於萬國。」唐韓偓《僧影》詩：「智燈已滅餘空燼，猶自光明照十方。」

單音節數詞詞性詞素＋單音節量詞詞性詞素構成名詞複音詞

【三臺】

徘徊三臺間，五星皆捉把，浮遊華蓋宮〔註51〕。（《太上正一咒鬼經》）

按：「星名」。《晉書・天文志上》：「三臺六星，兩兩而居……在人曰三公，在天曰三臺，主開德宣符也。西近文昌二星曰上臺，為司命，主壽。次二星曰中臺，為司中，主宗室。東二星曰下臺，為司祿，主兵，所以昭德塞違也。」

【五老】

元始五老靈寶官號〔註52〕。（《元始五老赤書玉篇真文天書經》）

按：「五老」，神話傳說中的五星之精。唐駱賓王《為齊州父老請陪封禪表》：「故得河浮五老，啟赤文於帝期。」此類詞中，修飾詞素多為數詞，而被修飾詞素大多是可以計算數量的事物性詞。

8. 偏詞素說明正詞素所表示事物的功能

【官宅】

元始施安靈寶五帝鎮官宅上法，以施於上學好道之士，不行凡

〔註50〕《正統道藏》正一部（4部）《上清金真玉光八景飛經》：1。

〔註51〕《正統道藏》正一部（4部）《太上正一咒鬼經》：2。

〔註52〕《正統道藏》洞真部（1部）《元始五老赤書玉篇真文天書經》：1。

庶〔註53〕。(《元始五老赤書玉篇真文天書經》)

按:「官」是宅的功能。「官宅」,官舍,衙門。

【帝庭】

幽感天心,是以靈降扶身,上升帝庭耳〔註54〕。(《上清太一金闕玉璽金真記》)

按:「帝庭」指天庭。《書・金縢》:「乃命於帝庭,敷祐四方,用能定爾子孫於下地。」孔傳:「汝元孫受命於天庭為天子。」「帝」,說明了庭的功能。

9. 偏詞素說明正詞素所表示事物的時間關係

這類詞中的偏詞素是表示時間的。

【上世】

十二時上所有禁忌太歲大將軍,門丞戶尉井灶,並某家上世先亡及土地真官〔註55〕。(《無上三元鎮宅靈籙》)

按:「上」這裡說明的是時間要素。「上世」,先代;前輩。《史記・太史公自序》:「余先周室之太史也。自上世嘗顯功名於虞夏,典天官事。後世中衰,絕於予乎?」《漢書・景帝紀》:「此皆上世之所不及,而孝文皇帝親行之。」顏師古注:「上世,謂古昔之帝王也。」唐韓愈《張府君墓誌銘》:「孝權與余同年進士,其上世有禹者,當宇文時為車騎大將軍。」

【先代】

先代咎殃,及咒殺屍,破邪故炁,留殃妖魅〔註56〕。(《太上正一咒鬼經》)

按:「先」表示的時間為過去,「先代」:先世;古代。《左傳・昭公四年》:「君子謂合左師善守先代,子產善相小國。」晉陸機《五等論》:「淫昏之君無所容過,何則其不治哉!故先代有以之興矣。」宋蔡絛《鐵圍山叢談》卷四:「於是聖朝郊廟禮樂,一旦遂復古,跨越先代。」

〔註53〕《正統道藏》洞真部(1部)《元始五老赤書玉篇真文天書經》:1。

〔註54〕《正統道藏》洞玄部(1部)《金闕玉璽金真紀》:1。

〔註55〕《正統道藏》洞神部(1部)《無上三元鎮宅靈籙》:1。

〔註56〕《正統道藏》正一部(4部)《太上正一咒鬼經》:2。

10. 偏詞素說明正詞素所表示事物的方位

【中庭】

各將軍五人，屯住某家中庭，兵刃外向，監察內外下官故炁，血食之鬼，祆惑之神，眾精百邪〔註 57〕。(《太上正一咒鬼經》)

按：「中」說明庭的方位。「中庭」，廳堂正中；廳堂之中。《漢書・朱買臣傳》：「坐中驚駭，白守丞，相推排陳列中庭拜謁。」唐李商隱《齊宮詞》：「永壽兵來夜不扃，金蓮無複印中庭。」

【南斗】

黄帝曰：南斗史佐，八大鬼神，名曰皇天使者〔註 58〕。(《洞神八帝元變經》)

按：「南」說明了方位。「南斗星名。即斗宿，有星六顆。在北斗星以南，形似斗，故稱。《史記・天官書》：『南斗為廟，其北建星，建星者，旗也。』張守節正義：『南斗六星，在南也。』」〔註 59〕

11. 偏詞素說明正詞素所表示事物的處所

表方向、位置

這類詞的修飾詞素多半是表示方向、位置或是處所的詞。

【戎山】

趙伯玄，昔師萬始先生，受書道成，當登金闕，而無招靈致真、豁落七元二符，於俯仰之格，方退還戎山〔註 60〕。(《上清金真玉光八景飛經》)

按：「戎」說明了山的處所。「戎」，古族名。支系眾多。殷周有鬼戎、西戎、余無之戎等。春秋時有己氏之戎、北戎、允戎、伊洛之戎、犬戎、驪戎、蠻戎七種。秦國西北有狄、獂、邽、冀之戎、義渠之戎、大荔之戎等。戰國時，晉國及其以北有大戎、條戎、茅戎、林胡、樓煩之戎；燕北有山戎；今

〔註 57〕《正統道藏》正一部（4 部）《太上正一咒鬼經》：2。

〔註 58〕《正統道藏》正一部（4 部）《洞神八帝元變經》：2。

〔註 59〕羅竹鳳，漢語大詞典〔M〕，上海：漢語大詞典出版社，1997：375。

〔註 60〕《正統道藏》正一部（4 部）《上清金真玉光八景飛經》：2。

豫陝交界一帶有揚拒、陸渾之戎等。多從事游牧，部分從事農耕。一說，其見於商周者，曰鬼方，曰昆夷，曰獯鬻。其在宗周之季，則曰玁狁。入春秋後則始謂之戎。隨世異名，因地殊號。參閱王國維《鬼方昆夷玁狁考》。

【禹步】

八大鬼神，並是南斗吏佐，列宿群神。若有術者，精誠學道，心業純粹，好餌符藥，閑習禹步，此等八神，即來奉事〔註61〕。(《洞神八帝元變經》)

按：「禹」說明了步的地方處所由來，「禹步」謂跛行。相傳夏禹治水積勞成疾，身病偏枯，行走艱難，故稱。《尸子·君治》：「禹於是疏河決江，十年未闞其家，手不爪，脛不毛，生偏枯之疾，步不相過，人曰禹步。」《法言·重黎》「巫步多禹。」晉李軌注：「〔禹〕治水土，涉山川，病足，故行跛也……而俗巫多效禹步。」故亦稱巫師、道士做法的步法為禹步。晉葛洪《抱朴子·登涉》：「禹步法：正立，右足在前，左足在後，次復前右足，以左足從右足並，是一步也。次復前右足，次前左足，以右足從左足並，是二步也。次復前右足，以左足從右足並，是三步也。如此禹步之道畢矣。」《北史·藝術傳上·由吾道榮》：「及至汾河，遇水暴長，橋壞，船渡艱難。是人乃臨水禹步，以一符投水中，流便絕。」唐王昌齡《武陵開元觀黃煉師院》詩：「松間白髮黃尊師，童子燒香禹步時。」

12. 偏詞素和正詞素有上下義關係

【兆民】

上清自然之靈書，九天始生之玄劄，空洞之靈章。成天立地，開張萬真，安神鎮靈，生成兆民，匡御運度，保天長生〔註62〕。(《元始五老赤書玉篇真文天書經》)

按：「兆民」，古稱天子之民，後泛指眾民，百姓。《書·呂刑》：「一人有慶，兆民賴之。」《禮記·月令》：「〔孟春之月〕命相布德和令，行慶施惠，下及兆民。」鄭玄注：「天子曰兆民。」南朝梁劉勰《文心雕龍·祝盟》：「兆

〔註61〕《正統道藏》正一部（4部）《洞神八帝元變經》：2。

〔註62〕《正統道藏》洞真部（1部）《元始五老赤書玉篇真文天書經》：2。

民所仰，美報與焉。」

「兆」為民中一類，「民」為上義詞，「兆」為下義詞。

【洞陽】

元始煉之於洞陽之館，冶之於流火之庭，鮮其正文，瑩發光芒，洞陽氣赤，故號赤書〔註63〕。(《元始五老赤書玉篇真文天書經》)

按：「洞陽」為人間，「洞」為下義詞，為世間，「陽」為上義詞。「陽」指人世。清東軒主人《述異記・農夫附屍》：「冥中以我陽壽未盡，即令回陽。」「洞陽」道教語。猶人間。前蜀杜光庭《白可球明真齋贊老君詞》：「臣九玄幽爽，七祖魂神，出長夜之庭，昇洞陽之館。」唐吳筠《遊仙》詩之九：「欲超洞陽界，試鑒丹極表。」

13. 偏詞素是對正詞素的否定

表示否定意義

這類詞的被修飾詞素是由表示否定意義的修飾詞素來修飾的。

【不臣】

而不臣正法之者，將軍吏兵即振威八方，收取群精，部送北酆寒冰夜庭水府，九都考士執係，長劫無原〔註 64〕。(《無上三元鎮宅靈籙》)

按：「不」是對臣的否定，「不臣」，不稱臣屈服。《商君書・慎法》：「外不能戰，內不能守，雖堯為王，不能以不臣諧所謂不若之國。」漢桓寬《鹽鐵論・本議》：「匈奴背叛不臣，數為暴於邊鄙。」《新唐書・裴矩傳》：「高麗本孤竹國，周以封箕子，漢分三郡，今仍不臣，先帝疾之，欲討久矣。」

【不行】

七者璇璣停關，星宿不行，天無晝夜，四運齊晨〔註 65〕。(《元始五老赤書玉篇真文天書經》)

按：「不」是對行的否定，「不行」，不行進；不前進。《楚辭・九歌・湘

〔註63〕《正統道藏》洞真部（1部）《元始五老赤書玉篇真文天書經》：2。

〔註64〕《正統道藏》洞神部（1部）《無上三元鎮宅靈籙》：2。

〔註65〕《正統道藏》洞真部（1部）《元始五老赤書玉篇真文天書經》：2。

君》：「君不行兮夷猶，蹇誰留兮中洲。」《史記‧穰侯列傳》：「於是穰侯不行，引兵而歸。」

14. 偏詞素表形態

偏詞素會表示正詞素的動作形態，可擴展為像A那樣B。

單音節副詞詞性詞素＋單音節名詞詞性詞素構成名詞複音詞

【風刀】

無盟而傳，身被風刀之考，受而無信，輕道賤真〔註66〕。（《上清金真玉光八景飛經》）

按：「風刀」，形容像風刮一樣的刀子。

（二）補充說明性關係

1. 表心理、情態

這類詞的修飾詞素表示心理活動或是表情情態。

【感暢】

歌詠妙篇，遊娛適肆，感暢神真，致三元下教一位登太真王〔註67〕。（《洞真太上太宵琅書》）

按：「暢」，通暢；通達。《易‧坤》：「美在其中，而暢於四支。」孔穎達疏：「有美在於中，必通暢於外。」南朝梁劉勰《文心雕龍‧才略》：「張華短章，奕奕清暢。」

2. 表示情態或形態

這類詞的偏詞素一般會突出被修飾詞素的情態動作。

單音節副詞詞性詞素＋單音節動詞詞性詞素構成動詞複音詞

【慈順】

苟能慈順忠素，不拘名宦，淡然養性，如若不知，止自為己，專於道者，猶須盟歃，方可傳通〔註68〕。（《洞神八帝元變經》）

〔註66〕《正統道藏》正一部（4部）《上清金真玉光八景飛經》：2。

〔註67〕《正統道藏》上清經部（1部）《洞真太上太宵琅書》：2。

〔註68〕《正統道藏》正一部（4部）《洞神八帝元變經》：2。

按：仁慈順和，中心語是形容詞「慈」，後補詞素「順」，在其後面起補充說明作用，狀語與中心語組成偏正關係。

3. 表程度

這類詞的偏詞素表示範圍、大小等程度意義。

【斷壞】

二月、三月春時，於烏巢中探取，未經斷壞者，良用之〔註69〕。（《洞神八帝元變經》）

按：「斷」，為動詞中心詞，「壞」，補充說明「斷」的程度和結果。

三、支配式構詞（動賓、介賓）

中古法術類道經中支配式複音詞一共有1057個。兩個詞素是支配與被支配關係。

（一）支配式複音詞即支配與被支配關係

支配式複音詞的詞素間是支配與被支配的關係，從詞語的結構形式看，動詞的結構形式較其他詞來說也是比較多樣的。

1. 動賓式複音詞的賓語詞素是受事

【祭酒】

某號年太歲某某月朔日子係天師某治炁祭酒某州郡縣鄉里男女〔註70〕。（《洞真太上太素玉籙》）

按：「酒」為受事，「祭酒」：以酒祭祀或祭奠。《儀禮・鄉射禮》：「獲者南面坐，左執爵，祭脯醢。執爵興，取肺坐祭，遂祭酒。」

單音節動詞詞性詞素＋單音節名詞詞性詞素構成動詞複音詞

【上章】

三日一笞，五日一榜，門丞捉縛，玉女掠，吾吏受辭，灶君上章，某甲無罪過，不得病賢良〔註71〕。（《太上正一咒鬼經》）

〔註69〕《正統道藏》正一部（4部）《洞神八帝元變經》：3。

〔註70〕《正統道藏》正一部（4部）《洞真太上太素玉籙》：2。

〔註71〕《正統道藏》正一部（4部）《太上正一咒鬼經》：2。

按：「章」是受事，「上章」：道士上表求神。《晉書・王獻之傳》：「獻之遇疾，家人為上章，道家法應首過，問其有何得失。」《隋書・經籍志四》：「又有諸消災度厄之法，依陰陽五行數術，推人年命書之，如章表之儀，並具贄幣，燒香陳讀。云奏上天曹，請為除厄，謂之上章。」

【昇天】

天師曰，欲行道法，欲治身修行，欲救療病苦，欲求年命延長，欲求過渡災厄，欲求白日昇天〔註72〕。（《太上正一咒鬼經》）

按：「天」為受事，昇天：上陞於天界。漢王充《論衡・龍虛》：「世稱黃帝騎龍昇天，此言蓋虛。」三國魏曹植《當牆欲高行》：「龍欲昇天須浮雲，人之仕進待中人。」北魏酈道元《水經注・河水一》：「群仙不欲昇天者，皆往來也。」

【救世】

但救世法乘也，復如之者矣〔註73〕。（《無上三元鎮宅靈籙》）

按：「世」為受事，「救世」，拯濟世人；匡救世弊。《左傳・昭公六年》：「僑不才，不能及子孫，吾以救世也。」唐韓愈《與衛中行書》：「至於汲汲於富貴，以救世為事者，皆聖賢之事業，知其智慧謀力能任者也。」

【生道】

萬人之中，無有一人懃求生道者乎〔註74〕。（《太上正一咒鬼經》）

按：1. 使人民生存之道。《孟子・盡心上》：「以生道殺民，雖死不怨殺者。」晉郤詵《賢良策對》：「以生道殺之者，雖死不貳；以逸道勞之者，雖勤不怨。」2. 生長在道路上。唐盧照鄰《秋霖賦》：「青苔被壁，綠萍生道。」

《太上正一咒鬼經》中的「生道」是：升起道心，修行求道，動賓式動詞。

2. 詞的意義與成詞詞素的意義有生成與被生成的關係、賓語素表施事

單音節動詞詞性詞素＋單音節名詞詞性詞素構成動詞或名詞複音詞

〔註72〕《正統道藏》正一部（4部）《太上正一咒鬼經》：2。

〔註73〕《正統道藏》洞神部（1部）《無上三元鎮宅靈籙》：2。

〔註74〕《正統道藏》正一部（4部）《太上正一咒鬼經》：2。

【修道】

一為上世，二為子孫，三為居世，四為居山，五為修道，六為求仙，七為眾官，八為治民，九為眾生，十為世間〔註75〕。(《元始五老赤書玉篇真文天書經》)

按：「修」，學習；培養。《禮記・學記》：「故君子之於學也，藏焉，修焉，息焉，遊焉。」鄭玄注：「修，習也。」修行，指學佛或學道，行善積德。唐寒山《詩》之二六八：「今日懇懇修，願與佛相遇。」

「道」：方法；途徑。《易・繫辭上》：「一陰一陽之謂道。」韓康伯注：「道者，何無之稱也，無不通也，無不由也，況之曰道。」《左傳・隱公五年》：「請君釋憾於宋，敝邑為道。」陸德明釋文：「道音導，本亦作導。」《商君書・更法》：「治世不一道，便國不必法古。」宇宙萬物的本原、本體。《老子》：「有物混成，先天地生……吾不知其名，字之曰道，強為之名曰大。」《韓非子・解老》：「道者，萬物之所然者，萬理之所稽也。」事理；規律。《楚辭・離騷》：「乘騏驥以馳騁兮，來吾道夫先路。」王逸注：「言己如得任用，將驅先行，願來隨我，遂為君導入聖王之道也。」

「修道」指道家修煉以求成仙。漢王充《論衡・道虛》：「夫修道求仙，與優職勤事不同。」學習、實行宗教教義。北齊顏之推《顏氏家訓・歸心》：「一人修道，濟度幾許蒼生？免脫幾身罪累幸熟思之！」

3. 賓詞素表當事

單音節動詞詞性詞素＋單音節名詞詞性詞素構成動詞複音詞

【架屋】

造功立宅，架屋立柱，築治園墟，修營家宅，破壞舍屋，移轉井灶，動促門戶，補治籬落，縛束壁帳，穿井掘窖，填補塞孔〔註76〕。(《太上正一咒鬼經》)

按：《漢語大詞典》中是指對專事模仿者的譏諷，例如：南朝宋劉義慶《世說新語・文學》：「庾仲初作《揚都賦》，成，以呈庾亮。亮以親族之懷，大為其

〔註75〕《正統道藏》洞真部（1部）《元始五老赤書玉篇真文天書經》：2。

〔註76〕《正統道藏》正一部（4部）《太上正一咒鬼經》：1。

名價云：『可三《二京》，四《三都》。於此人人競寫，都下紙為之貴。』謝太傅云：不得爾，此是屋下架屋耳。事事擬學，而不免儉狹。」後遂以「架屋」為對專事模仿者的譏諷。

【掘窖】

造功立宅，架屋立柱，築治園墟，修營家宅，破壞舍屋，移轉井灶，動促門戶，補治籬落，縛束壁帳，穿井掘窖，填補塞孔〔註77〕。（《太上正一咒鬼經》）

按：「掘窖」使用的是本義。《漢語大詞典》中解釋為猶掘藏。例證為：宋蘇軾《仇池筆記盤遊飯穀董羹》：「江南人好做盤遊飯，鮓脯膾炙無不有，埋在飯中，里諺曰『掘得窖子』。羅浮穎老取凡飲食雜烹之，名『穀董羹』。」

4. 賓詞素表使動

【破邪】

先代咎殃，及咒殺屍，破邪故炁，留殃妖魅〔註78〕。（《太上正一咒鬼經》）

按：指的是破亂邪惡。《漢語大詞典》釋義為：破除邪惡。唐李商隱《上河東公啟》之二：「爰記亨塗，風聞妙喻，雖縱幕府，常在道場。猶恨出俗情微，破邪功少。」可見該詞從東晉的聯合式名詞變為動賓式動詞的發展變化。

單音節動詞詞性詞素＋單音節動詞詞性詞素構成動詞複音詞

【制嚴】

受書真人，假神虎之符，以制嚴六天流注邪精〔註79〕。（《上清太一金闕玉璽金真記》）

按：使嚴制的意思，嚴厲；嚴格。《易・遯》：「君子以遠小人，不惡而嚴。」《韓非子・難四》：「知微之謂明，無救赦之謂嚴。」

〔註77〕《正統道藏》正一部（4部）《太上正一咒鬼經》：1。

〔註78〕《正統道藏》正一部（4部）《太上正一咒鬼經》：1。

〔註79〕《正統道藏》洞玄部（1部）《金闕玉璽金真紀》：1。

【修敬】

三念悔謝眾罪，無所隱匿，整心修敬，每以盡節〔註 80〕。(《元始五老赤書玉篇真文天書經》)

按：表示敬意。《晏子春秋．諫下十四》：「夫冠足以修敬，不務其飾。」《史記·廉頗藺相如列傳》：「於是趙王乃齋戒五日，使臣奉璧，拜送書於庭。何者，嚴大國之威以修敬也。」宋周煇《清波別志》卷上：「三四十年前，占辭修敬，以頓首再拜為重。」

四、表述式構詞

中古法術類道經中的表述式複音詞一共有 160 個。表述式複音詞又稱主謂式，兩個詞素之間是陳述和被陳述的關係。由於在中古法術類道經中這類詞的數量較少，下面僅就較為常見的表述式複音詞進行探討。

（一）充當主語成分常見的有「天」「地」「福」等具體事物與抽象名詞

【地～】

單音節名詞詞性詞素＋單音節動詞詞性詞素構成動詞

【地裂】

二十二者天震地裂，枯骨更生，沉屍飛魂，並起成人，天下歌唱，欣國太平〔註 81〕。(《元始五老赤書玉篇真文天書經》)

按：由於地殼變動而土地開裂。《後漢書．和帝紀》：「秋七月乙巳，易陽地裂。」《宋史．外國傳二．夏國下》：「〔紹興〕十三年三月，地震，逾月不止；地裂，泉湧出黑沙。」

（二）充當主語成分常見的有「自」等代詞

【自□】

單音節代詞詞性詞素＋單音節動詞詞性詞素構成動詞複音詞

【自刑】

〔註 80〕《正統道藏》洞真部（1 部）《元始五老赤書玉篇真文天書經》：1。

〔註 81〕《正統道藏》洞真部（1 部）《元始五老赤書玉篇真文天書經》：1。

天師曰，今日六乙，野道急出，六丙六丁，野道自刑〔註 82〕。（《太上正一咒鬼經》）

按：「自刑」，自殘肢體；自殺。《管子・小稱》：「豎刁自刑而為公治內。」《戰國策・趙策四》：「豫讓又漆身為厲，滅須去眉，自刑以變其容。」

五、補充式（動補式）

補充式，對應的是動補式，指的是前一個詞素表動作、行為、後一個詞素對它加以補充。補充式的語義和詞性的結構形式已日趨複雜。中古法術類道經中的補充式複音詞一共有 153 個。補充式複音詞是指前一個詞素是述語詞素，述語詞素後面的都是補語詞素，起補充說明前一個詞素的作用。

（一）表示消極、不幸的意義

這類詞的補語詞素主要有「滅」「止」「住」等。

單音節及物動詞詞性詞素＋單音節不及物動詞詞性詞素構成及物動詞複音詞

【摧滅】

急疾鬼行病放毒鬼，五瘟鬼剔人鬼，有急咒之，鬼自摧滅〔註 83〕。（《太上正一咒鬼經》

按：摧，退；抑制。《易・晉》：「初六，晉如摧如，貞吉。」孔穎達疏：「何氏云：摧，退也。」《史記・季布欒布列傳》：「當是時，諸公皆多季布能摧剛為柔。」宋王安石《上蔣侍郎書》：「故摧如不進，寬裕以待其時也。」

【凝住】

無上無下無幽無隱無深無淺無極無窮十方冥寂凝住無量至真大聖尊神〔註 84〕。（《無上三元鎮宅靈籙》）

按：凝結；凝固；積聚。《易・坤》：「象曰：履霜堅冰，陰始凝也。」孔穎達疏：「言陰氣始凝結而為霜也。」南朝宋顏延之《還至梁城作》詩：「故國多喬木，空城凝寒雲。」唐柳宗元《夏夜苦熱登西樓》詩：「山澤凝暑氣，

〔註 82〕《正統道藏》正一部（4 部）《太上正一咒鬼經》：2。

〔註 83〕《正統道藏》正一部（4 部）《太上正一咒鬼經》：2。

〔註 84〕《正統道藏》洞神部（1 部）《無上三元鎮宅靈籙》：3。

星漢湛光輝。」宋張先《歸朝歡》詞：「寶猊煙未冷，蓮臺香燭殘痕凝。」

（二）表示積極、完成的意義

這類詞的補語詞素主要有「滿」「固」「足」「淨」「清」等。

單音節及物動詞詞性詞素＋單音節形容詞詞性詞素構成及物動詞

【散滿】

二十一者地藏發洩，金玉露形，散滿道路，無有幽隱〔註 85〕。（《元始五老赤書玉篇真文天書經》）

按：「撒」：散播。《漢書・高后紀》：「〔呂嬃〕乃悉出珠玉寶器散堂下，曰：『無為它人守也！』」北魏賈思勰《齊民要術・作魚鮓》：「漉著盤中，以白鹽散之。」北魏賈思勰《齊民要術・種桑柘》：「歲常繞樹一步散蕪菁子，收穫之後，放豬啖之，其地柔軟，有勝耕者。」

【灑淨】

逍曠虛寂，齋院神室，彌欲灑淨香嚴，衣服案具，最用精華，進止威儀，不得差失〔註 86〕。（《洞神八帝元變經》）

按：淋水在地面上。《詩・唐風・山有樞》：「子有廷內，弗灑弗埽。」毛傳：「灑，灑也。」乾淨；清潔。亦用於形容抽象事物。南朝宋劉義慶《世說新語・言語》：「卿居心不淨，乃復強欲滓穢太清邪？」

（三）表中性意義

【奏得】

今以奏得下，天師神咒至，急急如律令〔註 87〕。（《正一太上咒鬼經》）

按：「奏」，臣子對帝王進言陳事。《書・舜典》：「敷奏以言，明試以功，車服以庸。」孔傳：「諸侯四朝，各使陳進治禮之言。」「得」，獲得，得到。《詩・周南・關雎》：「求之不得，寤寐思服。」「奏得」的意義為中性，陳事得知、陳事得到。「得」是「奏」的補語。

〔註 85〕《正統道藏》洞真部（1 部）《元始五老赤書玉篇真文天書經》：3。

〔註 86〕《正統道藏》正一部（4 部）《洞神八帝元變經》：2。

〔註 87〕《正統道藏》正一部（4 部）《太上正一咒鬼經》：2。

【延長】

天師曰，欲行道法，欲治身修行，欲救療病苦，欲求年命延長〔註 88〕。（《正一太上咒鬼經》）

按：延續；延長；伸長。《左傳‧成公十三年》：「君亦悔禍之延，而欲徼福於先君獻穆。」晉陸機《長歌行》：「茲物苟難停，吾壽安得延。」長，同短相對。《詩‧齊風‧猗嗟》：「猗嗟昌兮，頎而長兮。」漢張衡《西京賦》：「流長則難竭，柢深則難朽。」「延長」的意思，具有中性意義的動補構詞，「長」是「延」的補語。

（四）表示方位、趨向意義

中心詞素為及物動詞，及物動詞性詞素＋及物動詞性詞素＝及物動詞：這類詞的補語詞素主要有「及」等。

【殃及】

盡以及身，破門滅戶，殃及後代，如此祆惑，不可常事〔註 89〕。（《太上正一咒鬼經》）

按：「殃及」：連累。元劉致《新水令‧代馬訴冤》套曲：「再不敢鞭駿騎向街頭鬧起，則索扭蠻腰將足下殃及，為此輩無知，將我連累。」

【伏惟】

伏惟太上勑下天曹，應咒斬殺之〔註 90〕。（《正一太上咒鬼經》）

按：「伏惟」，亦作「伏維」。下對上敬詞。多用於奏疏或信函。謂念及，想到。漢揚雄《劇秦美新》：「臣伏惟陛下以至聖之德，龍興登庸……為天下主。」晉李密《陳情事表》：「伏惟聖朝以孝治天下，凡在故老，猶蒙矜育。」

六、附加式構詞

中古法術類道經中的附加式複音詞一共有 69 個。

〔註 88〕《正統道藏》正一部（4 部）《太上正一咒鬼經》：2。

〔註 89〕《正統道藏》正一部（4 部）《太上正一咒鬼經》：2。

〔註 90〕《正統道藏》正一部（4 部）《太上正一咒鬼經》：3。

（一）附加前綴

1. 加詞頭「老」構成名詞

【老君】

> 天師曰，吾上太山謁見黄老君，教吾殺鬼語，我神才上呼玉女〔註91〕。（《太上正一咒鬼經》）

按：指老子。李老君或太上老君的省稱。《後漢書·孔融傳》：「融曰：『然。先君孔子與君先人李老君同德比義，而相師友，則融與君累世通家。』」唐王建《贈太虛盧道士》詩：「想向諸山尋禮遍，卻迴還守老君前。」前蜀花蕊夫人《宮詞》之七七：「後宮歌舞全拋擲，每日焚香事老君。」

【老子】

> 元始靈寶東南天大聖眾、至真尊神、元極大道南上赤帝、丹臺老子、太和玉女〔註92〕。（《元始五老赤書玉篇真文天書經》）

按：對老年人的泛稱。《三國志·吳志·甘寧傳》「寧益貴重，增兵二千人。」裴松之注引晉虞溥《江表傳》：「因夜見權，權喜曰：『足以驚駭老子（指曹操）否？』」唐白居易《晚起閒行》詩：「皤然一老子，擁裘仍隱几。」

2. 加詞頭「所」構成名詞

【所在】

> 五者神童玉女，侍衛身形，出入遊行，所在司迎〔註93〕。（《元始五老赤書玉篇真文天書經》）

按：指存在的地方。《東觀漢記·明德馬皇后傳》：「明德皇后嘗久病，至卜者家，為卦問咎祟所在。」宋沈作喆《寓簡》卷一：「後之人莫能知其意之所在也。」

【所致】

> 為世橋樑。其一十二恩，皆精行所致，德感天真〔註94〕。（《元

〔註91〕《正統道藏》正一部（4部）《太上正一咒鬼經》：2。

〔註92〕《正統道藏》洞真部（1部）《元始五老赤書玉篇真文天書經》：2。

〔註93〕《正統道藏》洞真部（1部）《元始五老赤書玉篇真文天書經》：2。

〔註94〕《正統道藏》洞真部（1部）《元始五老赤書玉篇真文天書經》：2。

始五老赤書玉篇真文天書經》）

按：達到的；得到的。三國魏曹植《求自試表》：「身被輕煖，口厭百味，目極華靡，耳倦絲竹者，爵重祿厚之所致也。」三國魏嵇康《琴賦》：「是以伯夷以之廉，顏回以之仁……其餘觸類而長，所致非一。」

3. 加詞頭「相」構成動詞

【相伐】

馳務榮祿，輕孤易貧，強弱相凌，君臣相伐，父子相言〔註95〕。（《正一太上咒鬼經》）

按：自相矛盾。漢王充《論衡・問孔》：「案賢聖之言，上下多相違；其文，前後多相伐者。」《後漢書・徐防傳》：「若不依先師，義有相伐，皆正以為非。」李賢注：「伐謂自相攻伐也。」

【相成】

以印封符，其相成，子服符，常先食服之，符入當寒熱視益明〔註96〕。（《洞真太上太素玉籙》）

按：「相成」，互相補充，互相成全。《禮記・樂記》：「小大相成，終始相生。」《文子・九守》：「剛柔相成，萬物乃生。」宋曾鞏《〈列女傳目錄〉序》：「世皆知文王之所以興……故內則后妃有《關雎》之行，外則群臣有二《南》之美，與之相成。」

（二）附加後綴

1. 加詞尾「然」構成副詞

形容詞加後綴構成副詞

【自然】

五嶽悉如此法，則名山石室神仙之文，為子露出，神芝奇草自然而見也〔註97〕。（《洞真太上太素玉籙》）

〔註95〕《正統道藏》正一部（4部）《太上正一咒鬼經》：2。

〔註96〕《正統道藏》正一部（4部）《洞真太上太素玉籙》：2。

〔註97〕《正統道藏》正一部（4部）《洞真太上太素玉籙》：2。

按：天然，非人為的。《老子》：「人法地，地法天，天法道，道法自然。」《後漢書・李固傳》：「夫窮高則危，大滿則溢，月盈則缺，日中則移。凡此四者，自然之數也。」北魏酈道元《水經注・河水三》：「山石之上，自然有文，盡若虎馬之狀，粲然成著，類似圖焉。」宋歐陽修《明用》：「物無不變，變無不通，此天理之自然也。」

2. 詞尾「子」、「兒」、「頭」構成名詞

名詞加後附件構成名詞

【獅子】

頭戴玄晨寶冠，足躡五色獅子之履〔註 98〕。(《上清金真玉光八景飛經》)

按：獅子。亦稱狻麑。《漢書・西域傳上・烏弋山離國》：「烏戈地暑熱莽平……而有桃拔、師子、犀牛。」唐元稹《和李校書・西涼伎》：「師子搖光毛彩豎，胡姬醉舞筋骨柔。」

第二節　中古法術類道經複音詞中的語音構詞

語音結構構詞是指從語音形式方面來進行分析詞的構成規律。根據音節之間的結構關係分析，可以分為重疊式和非重疊式。

中古法術類道經中的語音造詞（不含音譯詞）包括聯綿詞和疊音詞。

重疊式構詞包括了單音節重疊構詞，一般多為形容詞，是只有一個語素組成的單純詞。而雙音節重疊詞大多是形容詞，同時也有名詞、副詞，是由兩個語素組成的合成詞。

「單音節重疊式和雙音節重疊詞一直是語言學界難以區分的對象。目前，區分二者時主要是看單個語素的意義和重疊之後的意義是否一致」〔註 99〕。本文是在具體的語言環境中來解釋和辨析的，因此有意義的疊加和加強兩種不同的情況。

〔註 98〕《正統道藏》正一部（4 部）《上清金真玉光八景飛經》：1。

〔註 99〕陳羿竹，《高僧傳》複音詞研究〔D〕：〔博士學位論文〕，長春：東北師範大學，2014。

中古法術類道經複音詞中的單純詞有 12 個，甚至有很多詞，現代漢語中已經很少使用，如：《洞神八帝元變經》出現的「朏躗」。本章將中古法術類道經中的單純詞分作聯綿詞和重疊詞兩類進行考察。

一、聯綿詞

簡單地說，聯綿詞就是指兩個音節連在一起表達完整意義而不能分開來講的詞〔註 100〕。

本章就組成聯綿詞的兩個音節的語音關係，將中古法術類中的聯綿詞分為雙聲聯綿詞和疊韻聯綿詞。

（一）雙聲聯綿詞構詞

這類詞在中古法術類道經中 1 例：「眇莽」。

【眇莽】

眇莽玄虛上，蕭蕭元始精〔註 101〕。（《洞真太上太霄琅書》）

按：「眇」的聲韻為中古時期的明母蕩韻，「莽」的聲韻為中古時期的明母小韻。「眇莽」同屬於中古時期明母。

「眇莽」，模糊不明貌。漢桓驎《西王母傳》：「神玄奥於眇莽之中。」

（二）疊韻聯綿詞

這類詞在中古法術類道經中 6 例：

【魍魎】

魍魎鬼，熒惑鬼，遊逸鎮鬼〔註 102〕。（《太上正一咒鬼經》）

按：「魎」在中古屬於是來母養韻，「魍」在中古是明母養韻。「魍魎」在中古時期都屬於養韻。

「魍魎」，古代傳說中的山川精怪；鬼怪。《孔子家語・辨物》：「木石之怪夔魍魎。」

〔註 100〕周祖謨，漢語詞彙講話〔M〕，北京：外語教學與研究出版社，2005：5。

〔註 101〕《正統道藏》上清經部（1 部）《洞真太上太宵琅書》：3。

〔註 102〕《正統道藏》正一部（4 部）《太上正一咒鬼經》：2。

【須臾】

所以爾者，秘掌天真，不欲離身形須臾爾〔註 103〕。(《元始五老赤書玉篇真文天書經》)

按：「須」的聲韻屬於心母虞韻。「臾」的聲韻屬於余母虞韻。「須臾」的聲韻同屬於虞韻。

「須臾」，片刻、短時間。《荀子．勸學》：「吾嘗終日而思矣，不如須臾之所學也。」

【婆娑】

結攜九嶺真，偶景以成雙。何為坐囂穢，婆娑待命窮〔註 104〕。(《洞真太上太宵琅書》)

按：「婆」的聲韻屬於中古時期的並母戈韻，「娑」的聲韻屬於中古的心母歌韻。歌韻與戈韻，屬於通押。

「婆娑」，奔波；勞碌。漢應劭《風俗通．十反．蜀郡太守潁川劉勝》：「杜密婆娑府縣，乾與王政，就若所云，猶有公私。」《晉書．陶侃傳》：「未亡一年，欲遜位歸國，佐吏等苦留之……將出府門，顧謂愆期曰：『老子婆娑，正坐諸君輩。』」

【朏亹】

置燈在術人鋪南壁下，燈炷小大如簪細頭，又以絹籠之，才使朏亹，類似白夜，不假分明，即鬼神不安，暗即人眼不見〔註 105〕。(《洞神八帝元變經》)

按：「朏」的聲韻屬於中古時期的滂母尾韻，「亹」的聲韻屬於中古時期明母尾韻，「朏亹」均屬於尾韻。

「朏」，微明貌。《書．畢命》「六月庚午朏。」唐孔穎達疏：「六月三日庚午，月光朏然而明也。」南朝宋宗炳《明佛論》：「今有明鏡於斯，紛穢集之，微則其照藹然，積則其照朏然，彌厚則照而昧矣。」「亹」，美。晉孫綽《遊天

〔註 103〕《正統道藏》洞真部（1 部）《元始五老赤書玉篇真文天書經》：3。

〔註 104〕《正統道藏》上清經部（1 部）《洞真太上太宵琅書》：2。

〔註 105〕《正統道藏》正一部（4 部）《洞神八帝元變經》：2。

台山賦》：「彤雲斐亹以翼櫺，皦日炯晃以綺疏。」「朏亹」為朦朧。

【混沌】

三君三炁，本混沌一原，應化之根，與天地為四，並兆身為五，能存五者，與道合真〔註 106〕。（《洞真太上太素玉籙》）

按：「混」的聲韻在中古屬於匣母混韻，「沌」在中古屬於定母混韻。「混沌」的聲韻均屬於混韻。

「混沌」，「古代傳說中指世界開闢前元氣未分、模糊一團的狀態。漢班固《白虎通．天地》：『混沌相連，視之不見，聽之不聞，然後剖判。』」〔註 107〕《文選》班昭《東征賦》：「諒不登櫟而椓蠡兮。」李善注引三國魏曹植《遷都賦》：「覽乾元之兆域兮，本人物乎上世；紛混沌而未分，與禽獸乎無別。」唐儲光羲《仲夏入園中東陂》詩：「暑雨若混沌，清明如空虛。」

【溟涬】

以天地未凝，三景未明，結自然而生於空洞之內，溟涬之中，歷九萬劫而分炁各治，置立九天〔註 108〕。（《洞真太上太宵琅書》）

按：「溟」的聲韻在中古時期屬於明母青韻，「涬」的聲韻在中古時期屬於匣母迥韻。青韻與迥韻，屬於通押。

「溟涬」，自然混沌之氣。《莊子．在宥》：「大同乎涬溟，解心釋神，莫然無魂。」成玄英疏：「溟涬，自然之氣也。茫蕩身心大同，自然合體也。」

二、重疊詞

中古法術類道經中的單音節重疊詞一共 19 個，均為形容詞。

1. 單音節重疊

【急急】

天師神咒，急急如律令〔註 109〕。（《太上正一咒鬼經》）

〔註 106〕《正統道藏》正一部（4 部）《洞真太上太素玉籙》：2。

〔註 107〕羅竹鳳，漢語大詞典〔M〕，上海：漢語大詞典出版社，1997：3315。

〔註 108〕《正統道藏》上清經部（1 部）《洞真太上太宵琅書》：2。

〔註 109〕《正統道藏》正一部（4 部）《太上正一咒鬼經》：2。

按：急急，急忙；趕緊。宋姜夔《鷓鴣天》詞：「移家徑入藍田縣，急急船頭打鼓催。」

2. 雙音節重疊

【混混沌沌】

絳紫毛裘，混混沌沌，晃晃昱昱，震動驚人〔註110〕。(《太上正一咒鬼經》)

按：指陰陽二氣混沌未分、純樸未散的狀態。《史記．太史公自序》：「窾言不聽，奸乃不生，賢不肖自分，白黑乃形。在所欲用耳，何事不成。乃合大道，混混冥冥。」

【晃晃昱昱】

絳紫毛裘，混混沌沌，晃晃昱昱，震動驚人〔註111〕。(《太上正一咒鬼經》)

按：明亮貌。晉葛洪《抱朴子．祛惑》：「及至天上，先過紫府，金床玉幾，晃晃昱昱，真貴處也。」

上文提到過，雙音節重疊詞是指由兩個相同的詞素重疊形成的合成詞。這類詞在中古法術類道經中的數量不是很多，一共6個。由於其屬於合成詞，所以我們對它的分析同下面的語法造詞分析一樣，從語義和詞性兩個角度進行。

1. 從語義看構詞

如果從單音詞素與其重疊形式意義之間的關係角度看，可以將重疊詞分為兩類：「單個詞素的意義和重疊之後的意義一致，即兩個相同的音節表示相同的意義，同時構成整個重疊形式的意義；單個詞素的意義和重疊之後的意義不完全一致，但是與其相關聯。」〔註112〕在中古法術類道經6個雙音節重疊詞中，5個單個詞素義和都於重疊詞義一致。只有「生生」1個單個詞素的意義和重疊之後的意義不完全一致。

〔註110〕《正統道藏》正一部(4部)《太上正一咒鬼經》：2。

〔註111〕《正統道藏》正一部(4部)《太上正一咒鬼經》：2。

〔註112〕張婷婷，漢語疊音詞問題研究〔D〕：〔碩士學位論文〕，寧波：寧波大學，2017。

【生生】

上導五帝之流炁，下拯生生之眾和，護二儀而不傾，保群命以永安〔註 113〕。(《元始五老赤書玉篇真文天書經》)

「披隱書於寂室，詠妙章於無間，理萬帝於上上，總群下於生生。」〔註 114〕(《上清金真玉光八景飛經》)

按：猶眾生。《宋書．索虜傳》：「多殺生生……仁者之所不為。」《魏書．李彪傳》：「生生得所，事事惟新，巍巍乎猶造物之曲成也。」唐歐陽詹《王者宜日中賦》：「杲杲者日，中則重光，燭生生於有晦，暖物物以無疆。」

2. 從詞性看構詞

在中古法術類道經中，這類詞的詞性較為豐富，雖大多是形容詞，但是也有名詞、副詞。

(1) 名　詞

【世世】

七者門族端偉，世世安寧，中外享慶，潤流無窮〔註 115〕。(《元始五老赤書玉篇真文天書經》)

按：累世；代代。《書．微子之命》：「世世享德，萬邦作式。」孔傳：「言微子累世享德。」《史記．孟嘗君傳》：「齊得東國益彊，而薛世世無患矣。」唐周樸《塞上行》：「世世征人往，年年戰骨深。」

【事事】

合藥法：預備六種藥物，令六味具足，事事新香，不得腐敗〔註 116〕。(《洞神八帝元變經》)

按：「猶件件，樣樣。《玉臺新詠．古詩〈為焦仲卿妻作〉》：『雞鳴外欲曙，新婦起嚴妝。著我繡夾裙，事事四五通。』《三國志．魏志．陳思王曹植傳》：『時法制待藩國既自峻迫，僚屬皆賈豎下才，兵人給其殘老，大數不過

〔註 113〕《正統道藏》洞真部（1 部）《元始五老赤書玉篇真文天書經》：2。

〔註 114〕《正統道藏》正一部（4 部）《上清金真玉光八景飛經》：3。

〔註 115〕《正統道藏》洞真部（1 部）《元始五老赤書玉篇真文天書經》：2。

〔註 116〕《正統道藏》正一部（4 部）《洞神八帝元變經》：2。

二百人。又植以前過，事事復減半。』」〔註 117〕

（2）形容詞

【上上】

無上上上元始太上玉皇無極大道君，以歲在壬申十月十五日寅時，道君臨降於崑崙山層城上宮〔註 118〕。（《無上三元鎮宅靈籙》）

披隱書於寂室，詠妙章於無間，理萬帝於上上，總群下於生生。（《上清金真玉光八景飛經》）

按：「上上」，最上等。《書·禹貢》：「厥土惟黃壤，厥田惟上上，厥賦中下。」孔傳：「田第一，賦第六，人功少。」唐寒山《詩》之二七三：「上上高節者，鬼神欽道德。」

【玄玄】

九炁映靈，三五翼贊，六六合併，翁藹玄玄之上，煥赫鬱乎太冥，飛香繞日〔註 119〕。（《上清金真玉光八景飛經》）

按：深遠貌；幽遠貌。漢蔡邕《翟先生碑》：「挹之若江湖，仰之若華光，玄玄焉測之則無源，汪汪焉酌之則不竭。」

（3）副　詞

【種種】

若不服藥，無所見。要須服藥，始得神通，種種役問〔註 120〕。（《洞神八帝元變經》）

按：「猶言各種各樣；一切。《史記·淮南衡山列傳》：『秦皇帝大說，遣振男女三千人，資之五穀種種百工而行。』」〔註 121〕

〔註 117〕羅竹鳳，漢語大詞典〔M〕，上海：漢語大詞典出版社，1997：232。

〔註 118〕《正統道藏》洞神部（1 部）《無上三元鎮宅靈籙》：2。

〔註 119〕《正統道藏》正一部（4 部）《上清金真玉光八景飛經》：3。

〔註 120〕《正統道藏》正一部（4 部）《洞神八帝元變經》：3。

〔註 121〕羅竹鳳，漢語大詞典〔M〕，上海：漢語大詞典出版社，1997：4739。

第三節　中古法術類道經複音詞構詞特點

語言事實和規律就是在分類研究中被逐漸挖掘出來的，語料只有進入共時與歷時對比中才能進一步提升漢語詞彙研究的整體水平。因此，將中古法術類道經詞彙放入前後期文獻中進行對比，能夠更好地歸納出其演變的一般性認識。

一、中古法術類道經複音詞與上古、近代非道經類專書複音詞對比

向上對照，選取了上古子書類專書複音詞做比較對象。子書類專書口語性強，內容上涵蓋普遍，複音詞豐富。內容上與道經文獻部分相似甚至涵蓋。向下對照，我們選取了近代漢語《唐傳奇》《朱子語類》《元雜劇》《水滸傳》《紅樓夢》等 5 部有代表性的專書。因為唐代變文、宋儒語錄、元代雜劇、明清白話小說，代表漢語詞彙在各自時段基本「面貌」的語料〔註 122〕。

表 3-1　上古漢語各類複音詞的發展趨勢——子書類〔註 123〕

	論語	墨子	孟子	孟子	莊子	荀子	荀子	韓非子
複合詞	153	1309	283	557	1907	1079	2076	1972
聯合式	6039.2	728 55.6	146 51.6	245 44.0	867 45.6	502 46.5	1070 51.5	781 39.6
偏正式	67 43.8	476 36.4	100 35.3	237 42.5	825 43.3	396 36.7	732 35.3	910 46.1
動賓式	2 1.3	34 2.6	9 3.2	15 2.7	53 2.8	19 1.8	115 5.5	133 6.7
主謂式	1 0.7	10 0.8	2 0.7	8 1.4	5 0.2	10 0.9	4 0.2	14 0.7
附加式	20 13.1	14 1.1	23 8.1	44 7.9	147 7.7	127 11.8	112 5.4	71 3.6
補充式		21 1.6			10 0.5	7 0.6		13 0.7
重疊式		10 0.8		7 1.3		18 1.7	42 2.0	10 0.5

〔註 122〕蔣紹愚，漢語史詞彙綱要〔M〕，上海：商務印書館，2005：9。

〔註 123〕李仕春，從複音詞數據看上古漢語構詞法的發展〔J〕，北京化工大學學報（社會科學版），2007（3）：2。

表 3-2　近代漢語各類複合詞的發展趨勢——專書類〔註 124〕

	唐傳奇	朱子語類	元雜劇	水滸傳	紅樓夢
複合詞	5367	3084	8569	8538	8702
聯合式	1516 28.3%	716 23.2%	1080 12.6%	1116 13.1%	1317 15.1%
偏正式	3168 59.0%	1833 59.4%	5257 61.4%	5292 62.0%	5015 57.6%
動賓式	196 3.7%	94 3.1%	410 4.8%	533 6.2%	512 5.9%
補充式	44 0.8%	63 2.0%	119 1.4%	322 3.8%	128 1.5%
主謂式	28 0.5%	22 0.7%	66 0.8%	41 0.5%	62 0.7%
附加式	247 4.6%	185 6.0%	754 8.8%	506 5.9%	571 6.6%
重疊式	65 1.2%	52 1.7%	356 4.2%	179 2.1%	306 3.5%

（一）中古法術類道經聯合式複音詞與上古、近代聯合式複音詞的對比

上古時期，聯合式的能產性是逐漸增強的，占 35.72%，聯合式複音詞佔了優勢。「從語義構成看，同義聯合最多，其次是類義聯合，最少的是反義聯合。從語法構成看，前期聯合式複合詞中名＋名＝名最多，其次是動＋動＝動，第三是形＋形＝形，其他的占少數，隨著時間的進展，動＋動＝動類聯合式複合詞的百分比逐漸接近名＋名＝名。」〔註 125〕

中古法術類道經複音詞中的聯合式 1228 個，占 19.3%；聯合式不佔優勢，「從語義構成來看，近義（同義）聯合最多，其次是類義聯合，最少的是對義（反義）聯合。從語法構成看，聯合式複合詞中名＋名＝名最多，其次是動＋動＝動，第三是形＋形＝形，其他的占少數。」〔註 126〕

〔註 124〕李仕春，從複音詞數據看近代漢語構詞法的發展〔J〕，寧夏大學學報（人文社會科學版），2011（1）：2。

〔註 125〕李仕春，從複音詞數據看上古漢語構詞法的發展〔J〕，北京化工大學學報（社會科學版），2007（3）：2。

〔註 126〕李仕春，從複音詞數據看上古漢語構詞法的發展〔J〕，北京化工大學學報（社會科學版），2007（3）：2。

聯合式是最為發達最多產的構詞方式。只是中古法術類道經複音詞中的聯合式所佔比例，較上古道藏類文獻複音詞中的比率低了 16%。這主要是由中古法術類道經中其他構詞方式的發展所影響的，即偏正式發展的影響最大。此外，與上古道經類文獻複音詞相比，中古法術類道經複音詞中的相類意義聯合式和相反意義的聯合式都在一定程度上有所發展。

從詞性的角度看，中古法術類道經複音詞中的聯合式基本仍舊承襲單音詞的詞性，與其構成的複音詞的詞性基本一致，如名詞＋名詞＝名詞等。但是和上古道經類文獻複音詞相比，構詞方式上有了不少增加。道經類複音詞中除了詞素和詞的詞性一致的情況外，「例外的都是詞素詞性相同，但是合成詞後詞性改變。」〔註 127〕而中古法術類道經中還有不同詞性的詞素合成不同詞性的詞語情況，如：「正一」，形容詞＋數詞＝形容詞。

近代漢語時期聯合式的平均百分比是 92.3% / 5＝18.5%，從語法構成看，近代漢語中聯合式構詞法仍然是動詞素＋動詞素＝動詞最多，其次是名詞素＋名詞素＝名詞和形容詞詞素＋形容詞詞素＝形容詞。中古法術類道經複音詞中的聯合式 1228 個，占 19.3%；與近代 18.5%比較，比較相近。從語法構成看，聯合式複合詞中名＋名＝名最多，其次是動＋動＝動，第三是形＋形＝形，其他的占少數〔註 128〕。

綜上所述，中古法術類道經聯合式複音詞的平均百分比接近近代，詞性構成的情況接近上古。

（二）中古法術類道經偏正式構詞與上古、近代偏正式構詞對比

「從上古前期到上古後期，偏正式複合詞的能產性是逐漸減弱的。與其他複合詞的構詞方式相比，偏正式構詞方式最為靈活，產詞量最大。偏正式內部各小類複合詞的發展趨勢是：從語法構成看主要有名＋名＝名，形＋名＝名最多；從語義構成看，以名詞性詞素為正詞素的最多。在上古漢語中聯合式複合詞平均是 35.72%，偏正式複合詞是 39.98%。這說明，從總體上看偏正式的能產性大於聯合式，但是用歷史發展的眼光看，在上古漢語時期聯合式的能產性

〔註 127〕陳羿竹，《高僧傳》複音詞研究〔D〕:〔博士學位論文〕，長春：東北師範大學，2014。

〔註 128〕李仕春，從複音詞數據看近代漢語構詞法的發展〔J〕，寧夏大學學報（人文社會科學版），2011（1）：2～3。

逐漸增強，偏正式的能產性逐漸削弱。」〔註 129〕

中古法術類道經偏正式複音詞共 3716 個，占 57.8%；偏正式構詞方式產量最高。偏正式內部各小類複合詞的發展趨勢是：從語法構成看，主要有名詞性詞素＋名詞性詞素＝名詞，形容詞性詞素＋名詞性詞素＝名詞最多，動＋名＝名、形＋動＝名、數＋名＝名、數＋量＝名、數＋形＝名也逐漸增多；從語義構成看，以名詞性詞素為正詞素的最多。在中古法術類道經複音詞中聯合式複合詞平均是 19.3%，偏正式複合詞是 57.8%。從總體上看，偏正式遠大於聯合式。

近代偏正式複合詞出現了快速升高的趨勢，「偏正式複合詞出現明顯上升的趨勢，偏正式構詞法在近代漢語時期最能產。近代漢語時期偏正式的平均百分比是 299.4% / 5＝59.9%，」〔註 130〕中古法術類道經偏正式構詞的能產性與近代的相似。

綜上，中古法術類道經偏正式構詞的平均百分比接近近代，詞性構成的情況接近上古。

（三）中古法術類道經支配式構詞與上古、近代支配式構詞對比

上古時期，支配式構詞法能產性稍微增強，在複合詞中佔據第三位，平均占比為 7.65%。從語法構成看主要有動＋名＝動、動＋名＝名兩類，從語義構成看，動詞素和名詞素之間主要是支配與被支配的關係。

中古法術類道經支配式複音詞的比重為 16.5%，大於占上古的 7.65%。這說明，支配式複音詞的發展還是較為快速的，發展更加接近現代漢語。

中古法術類道經支配式複音詞的比重為 16.5%；比較近代 3.48%，所佔比例較高。「與中古漢語相比，動賓式複合詞的能產性在近代漢語中有所下降，動賓式在近代漢語總的平均百分比是 23.7% / 5＝4.7%，比中古漢語的 5.4%少 0.7 個百分點。」〔註 131〕

〔註 129〕李仕春，從複音詞數據看上古漢語構詞法的發展〔J〕，北京化工大學學報（社會科學版），2007（3）：2。

〔註 130〕李仕春，從複音詞數據看近代漢語構詞法的發展〔J〕，寧夏大學學報（人文社會科學版），2011（1）：2～3。

〔註 131〕李仕春，從複音詞數據看近代漢語構詞法的發展〔J〕，寧夏大學學報（人文社會科學版），2011（1）：2～3。

綜上所述，中古法術類道經支配式構詞的平均百分比均高於上古和近代。

（四）中古法術類道經表述式構詞與上古、近代表述式構詞對比

上古時期表述式（主謂式）複音詞的發展趨勢較弱。「主謂式複合詞的語法構成要比動賓式複雜一些，其中名＋動＝動最多，名＋動＝名次之，其他的如：名＋動＝形、名＋形＝名、名＋形＝形、名＋名＝名等占很少一部分；從語義構成看，兩個詞素之間主要是說明與被說明的關係。」〔註 132〕

表述式複音詞在兩個時期的語料中所佔的比重都比較少，上古道經各類複音詞中僅占平均 1.22%，中古法術類道經複音詞中占 2.5%。但是相比之下，我們還是會發現中古法術類道經中的表述式複音詞是有所發展的。首先，中古法術類道經中構詞較為豐富的有「自」「天」「地」「福」等具體事物與抽象名詞、代詞等。其次，從詞性上看，雖然上古與中古這類詞在名詞和形容詞上構詞方式相當，但是中古法術類道經中還增加了動詞的使用，名詞性詞素＋動詞性詞素＝動詞，代詞性詞素＋動詞性詞素＝動詞。

近代漢語中主謂式的平均百分比是 3.2%／5＝0.6%，中古法術類道經複音詞中占 2.5%。

綜上所述，中古法術類道經表述式構詞的平均百分比均高於上古和近代。

（五）中古法術類道經補充式構詞與上古、近代補充式構詞對比

從上古道經類補充式複音詞可以看出，「在很多部上古文獻特別是上古前期文獻中並沒有補充式複合詞，只是在上古後期的文獻中出現了一些補充式複合詞，占 0.49%。依據漢語史專書詞彙研究成果可知，動補式要到中古時期才產生」〔註 133〕，因此，可以認為，上古時期沒有補充式複合詞。

可以說，與上古道經類複音詞相比，補充式複音詞是發展變化最大的一類詞。在中古法術類道經複音詞中，補充式複音詞的數量已經壯大到 153 個，所佔比重為 2.4%。及物動詞＋不及物動詞＝及物動詞、及物動詞＋形容詞＝及物動詞、及物動詞＋及物動詞＝及物動詞。補充式複合詞在近代漢語中的平均百

〔註 132〕李仕春，從複音詞數據看上古漢語構詞法的發展〔J〕，北京化工大學學報（社會科學版），2007（3）：2。

〔註 133〕陳羿竹，《高僧傳》複音詞研究〔D〕：〔博士學位論文〕，長春：東北師範大學，2014。

分比是 9.5% / 5＝1.9%，在中古法術類道經複音詞中，所佔比重為 2.4%。二者基本相似。

綜上所述，補充式在上古後期的文獻中出現了一些，在中古法術類道經複音詞中，所佔比重與近代基本相似。

（六）中古法術類道經附加式構詞與上古、近代附加式構詞對比

上古道經類文獻附加式複音詞出現了減弱的趨勢，占 6.09%。按照出現位置可分為前綴、後綴；按照語法性質可分為形容詞性詞綴、動詞性詞綴和名詞性詞綴。

中古法術類道經附加式複音詞有 69 個，占 1%；比上古道經類附加式複音詞的平均占比 7.97%，大大減少，基本延續附加式繼續減弱的趨勢。由詞頭「老」「所」加詞根構成名詞，詞尾加詞根「子」「兒」「頭」構成名詞。詞尾「然」「忽」繼續使用，詞頭「相」構成動詞也普遍使用。

「近代漢語時期除了繼承中古時期產生的詞綴外，又產生了一批新興的詞綴，近代漢語時期附加式的平均百分比是 31.9% / 5＝6.4%。」〔註 134〕

綜上所述，中古法術類道經附加式構詞相對比上古和近代，能產性不高。

（七）中古法術類道經重疊式構詞與上古、近代重疊式構詞對比

上古道經各類複音詞中的重疊式出現的較晚。在能產性方面，從所佔比例上看，為 2.47%。重疊詞分為單純詞和合成詞兩類。數量很少，但是單純詞的數量遠遠超過合成詞的數量。

而在中古法術類道經中的重疊式有 33 個，所佔比例為 0.5%。重疊詞的比重更低，同為 AA 式的重疊詞，中古法術類道經中的均為一般的形容詞，沒有擬聲詞。而重疊合成詞一共 6 個，占 0.09%。從語義上看，在中古法術類道經 6 個雙音節重疊詞中，5 個單個詞素義和都與重疊詞義一致。從詞性上看，在中古法術類道經中，這類詞的詞性較為豐富，雖大多是形容詞，但是也有名詞、副詞。

近代漢語時期重疊式的平均百分比是 12.7% / 5＝2.5%，中古法術類道經中的重疊式 33 個，占比例為 0.5%。二者相比，後者較低。

〔註 134〕李仕春，從複音詞數據看近代漢語構詞法的發展〔J〕，寧夏大學學報（人文社會科學版），2011（1）：2～3

綜上所述，中古法術類道經重疊式構詞平均百分比與上古近似，低於近代。

（八）中古法術類道經聯綿詞與上古、近代聯綿詞對比

中古法術類道經中的「聯綿詞多是承襲前代的詞語，因此在形式上仍然保留著雙聲、疊韻等基本結構。」〔註135〕11 個聯綿詞分為雙聲聯綿詞、疊韻聯綿詞、非雙聲疊韻聯綿詞三類，沒有出現雙聲疊韻式。

從比例上看，中古法術類中聯綿詞的只占 0.17%，低於上古道經類文獻的比例 0.7%，並且很多聯綿詞在現代漢語中已經不再使用。

二、中古法術類道經複音詞與早期道經專書複音詞對比

從歷時角度，選取上古各類典籍複音詞。通過對不同時期的詞語結構、詞性等比較，在道經專類內容的典籍中分析中古法術類道經中複音詞所展現出的時代特點。

表 3-3　早期道經各類專書複合詞的發展趨勢

	黃帝內經〔註136〕	文子〔註137〕	周易〔註138〕	列子〔註139〕	莊子〔註140〕	韓非子〔註141〕	焦氏易林〔註142〕	穆天子傳〔註143〕	合計占比
聯合式	261 33.98%	335 54.6%	52 12.4%	639 35.79%	146 19.4%	781 39.6%	945 69.9%	37 20.1%	35.72%

〔註135〕陳羿竹，《高僧傳》複音詞研究〔D〕:〔博士學位論文〕，長春：東北師範大學，2014。

〔註136〕袁開惠，《黃帝內經，素問》複音詞研究〔D〕:〔碩士學位論文〕，長春：東北師範大學，2006。

〔註137〕紀國峰，《文子》複音詞研究〔D〕:〔碩士學位論文〕，長春：東北師範大學，2009。

〔註138〕趙振興，《周易》的複音詞考察〔J〕，古漢語研究，2001（4）：1～2。

〔註139〕張傳真，《列子》支配式複音詞初探〔J〕，宜春學院學報，2009（5）：1。《列子》中的聯合式複音詞語義構成研究〔J〕，清遠職業技術學院學報，2010（2）：1。《列子》中的偏正式複音詞語義構成研究〔J〕，成都教育學院學報，2006（10）：1。

〔註140〕劉志生，《莊子》複音詞構詞方式初探〔J〕，喀什師範學院學報，1995（4）：1～3。

〔註141〕車淑婭，《韓非子》詞彙研究〔D〕:〔博士學位論文〕，杭州：浙江大學，2004。

〔註142〕黃瑞麗，《焦氏易林》並列式複音詞研究〔D〕:〔碩士學位論文〕，開封：河南大學，2010。

〔註143〕顧曄峰，《穆天子傳》詞彙研究〔D〕:〔碩士學位論文〕，江蘇：揚州大學，2004。

偏正式	358 46.61%	154 25.2%	232 54.6%	714 39.61%	200 25.3%	910 46.1%	182 13.4%	124 69%	39.98%
動賓式	20 2.6%	31 5.1%	68 16%	243 13.99%	11 1.3%	133 6.7%	115 8.5%	13 6.99%	7.65%
主謂式	17 2.21%	3 0.4%	12 2.8%		7 0.93%	14 0.7%	4 0.29%		1.22%
附加式	34 4.43%	42 6.8%	34 8%		127 17%	71 3.6%	16 1.18%	3 1.61%	6.09%
補充式	4 0.52%	2 0.3%			5 0.66%	13 0.7%	4 0.29%		0.49%
重疊式	21 2.73%	6 1%	22 5%			10 0.5%	42 3.1%		2.47%

（一）中古法術類道經聯合式構詞與上古聯合式構詞對比

上古時期道經顯示，聯合式的能產性是逐漸增強的，占 35.72%，聯合式複合詞佔了優勢。

中古法術類道經聯合式複音詞共 1228 個，占 19.3%；與其他類型構詞方式不佔優勢。

聯合式是最為發達最多產的構詞方式。只是中古法術類道經聯合式複音詞所佔比重較上古道經類文獻複音詞中的比率低了 16%。此外，與上古道經類文獻複音詞相比，中古法術類道經複音詞中，相類和相反意義的聯合式都在一定程度上有所發展。

綜上所述，中古法術類道經聯合式複音詞，詞性構成情況接近上古道經聯合式。

（二）中古法術類道經偏正式構詞與上古偏正式構詞對比

在上古道經中聯合式複音詞平均是 35.72%，偏正式複音詞是 39.98%。道經類專書聯合式與偏正式構詞所佔比例相當。

中古法術類道經偏正式複音詞共 3716 個，占 57.8%；偏正式構詞方式最為能產。聯合式複音詞平均是 19.3%。總體上，偏正式的能產性遠大於聯合式。

（三）中古法術類道經支配式構詞與早期道經專書支配式構詞對比

上古道經類專書中，支配式構詞法能產性稍微增強，在複合詞中佔據第三位，平均占比為 7.65%。

中古法術類道經支配式複音詞的比重為 16.5%；雖所佔不多，但是卻大於上古複音詞中的 7.65%。中古法術類道經支配式複音詞比上古時期豐富、複雜得多。

綜上所述，中古法術類道經支配式構詞的平均百分比均高於上古。

（四）中古法術類道經表述式構詞與早期道經類專書表述式構詞對比

上古道經表述式（主謂式）複音詞的能產性沒有表現出明顯增強的趨勢，也沒有表現出減弱的趨勢。表述式複音詞在兩個時期的語料中所佔的比重比較少，上古道經各類複音詞中僅占平均 1.22%，中古法術類道經複音詞中占 2.5%。相比之下，可以發現中古法術類道經表述式複音詞是有所發展的。

綜上所述，中古法術類道經表述式構詞的平均百分比均高於上古。

（五）中古法術類道經補充式構詞與早期道經類專書補充式構詞對比

從上古道經補充式複音詞看出，上古後期文獻中出現了一些補充式複合詞，占比為 0.49%。

在中古法術類道經複音詞中，補充式複音詞的數量 153 個，所佔比重為 2.4%。

綜上所述，補充式在上古後期的文獻中出現了一些。

（六）中古法術類道經附加式構詞與早期道經類專書附加式構詞對比

上古道經附加式複音詞出現了減弱的趨勢，僅占 6.09%。中古法術類道經中的附加式共 69 個，占 1%；比上古道經類附加式複音詞的平均占比 7.97%，大大減少，基本延續附加式繼續減弱的趨勢。詞頭「老」「所」構成的名詞，詞尾「子」「兒」「頭」構成名詞，大量使用。詞尾「然」「忽」繼續使用，詞頭「相」構成動詞也普遍使用。

綜上所述，中古法術類道經附加式構詞相對比上古，能產性不高。

（七）中古法術類道經重疊式構詞與早期道經各類專書重疊式構詞對比

上古道經複音詞中的重疊式在能產性方面，平均百分比為 2.47%。重疊詞分為單純詞和合成詞兩類。

中古法術類道經中重疊式有 33 個，所佔比例為 0.5%。重疊詞的比重更低，單音節重疊詞一共 19 個，重疊單純詞占 0.29%，中古法術類道經中的均為一般的形容詞，沒有擬聲詞。而重疊合成詞一共 6 個，占 0.09%。從語義上看，在中古法術類道經 6 個雙音節重疊詞中，5 個單個詞素義和都與重疊詞義一致。從詞性上看，在中古法術類道經中，這類詞的詞性較為豐富，雖大多是形容詞，但是也有名詞、副詞。

綜上所述，中古法術類道經重疊式平均百分比與早期道經各類專書複音詞重疊式平均百分比近似。

三、中古法術類道經複音詞構詞發展趨勢

通過與上古、近代的比較，可以發現道經法術類複音詞發展的趨勢，即聯合式、偏正式構詞產量趨勢（與近代數據相似）相似。

（一）上古時期聯合式占複音詞的比重為 47.3%，中古時期聯合式占複音詞的比重為 48.7%，基本比率保持不變，到了近代聯合式占複音詞的比重為 18.5%。聯合式的整體趨勢是從上古、中古的近 50%，到近代降到 18.5% 的占比，整體趨勢是顯著下降的。

中古法術類道經的聯合式複音詞占比 19.3%，與近代的 18.5%的相近。

（二）上古時期偏正式占複音詞的比重為 47%，中古時期偏正式占複音詞的比重為 36.4%，數字占比略有下降，屬於使用頻率問題，不影響理論變化，相當於基本比率保持不變，到了近代聯合式占複音詞的比重為 59.9%。聯合式的整體趨勢是從上古、中古的 47%、36.4%，到近代上升到 59.9%的占比，整體趨勢是上升的。

而中古法術類道經的聯合式複音詞占比 57.8%，相比近代的 59.9%，相當於提前與近代整體的下降趨勢一致。

表 3-4　歷時發展對比數據表

<table>
<tr><td rowspan="2"></td><td>上古時期
（非道經）</td><td>中古時期
（非道經）</td><td rowspan="2">近代
時期</td><td rowspan="2" colspan="2">趨　勢　走　勢</td></tr>
<tr><td>早期道經</td><td>法術類道經</td></tr>
<tr><td rowspan="2">聯合式</td><td>47.3</td><td>48.7</td><td rowspan="2">18.5</td><td rowspan="2">〔註 144〕</td><td rowspan="2">〔註 145〕</td></tr>
<tr><td>35.72</td><td>19.3</td></tr>
</table>

〔註 144〕聯合式複音詞占比趨勢。

〔註 145〕聯合式中古法術類道經複音詞占比趨勢。

偏正式	47	36.4	59.9	〔註146〕 	〔註147〕 
	39.98	57.8			
支配式	3.48	5.4	47	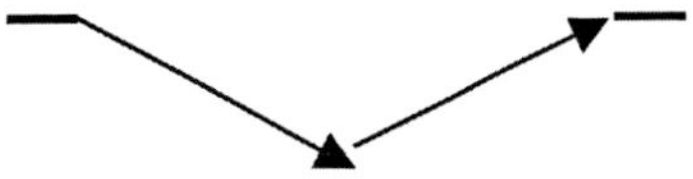	
	7.65	16.5			
表述式	0.73	1.1	0.6		
	1.22	2.5			
補充式	無	1.9	1.9		
	無	2.4			
附加式	6.52	3.5	6.4		
	7.97	1			
重疊式	0.7	0.6	2.5		
	2.47	0.5			

〔註146〕偏正式複音詞占比趨勢。

〔註147〕偏正式中古法術類道經複音詞占比趨勢。